挪威现当代文学译丛

一个好地方

En plutselig frigjørende tanke

[挪威] 克亚尔·艾斯凯尔森 / 著　杨稚梓 / 译

上海译文出版社

我不是这样，我不是这样

　　我走下城东郊一座四层出租公寓里的楼梯；刚才去探望了我大姐，不太愉快，她的麻烦事太多，大多是自己臆想出来的，可即便如此也没好到哪儿去。我一直有点儿受不了她，她呢，对我的评价也不算太高。我去看望她，是因为她真的有一件麻烦事：她摔了一跤，一边的髋骨摔折了。

　　离开她时我情绪复杂，高兴，是因为可以走了，气恼，因为我不得不向她保证，明天再过来。

　　就这样，我走下楼梯，下到三层和二层中间时走不动了，因为一位好大年纪的老人正坐在台阶中央。这人和扶手之间摆着一只大口袋，我既然下楼梯时不喜欢没个搭手的地方，就在他背后站定。他好像没听见我，于是过了一会儿，我说道：

　　"需要我帮忙吗？"

　　他没反应，因此我想，他要么聋了，要么耳背，就又问了一遍，这回声音大了些。

　　"不需要，谢谢您，我不用。"

　　我愣住了，不是因为他说的话，而是因为这声音似曾相识；听起来有特点，既低沉又尖锐，还很生动。这嗓音和那人破旧得近乎褴褛的衣衫形成了鲜明对比。

由于这嗓音让我感觉自己应该认识这人，他同样应该认识我，我不禁有点儿要起面子来。我不想求他把口袋拿走，让他看出我变得弱不禁风了，于是我放开扶手，从他另一边走过去。一切顺利，可当我又扶定了扶手、向他转过身去时，我断定自己错了。我从没见过这个人。

或许我显得有点儿惊异，而他又不可能知道原因，更有甚者，因为他从正面比从背面看上去还要惨，又肯定意识到了自己给我留下了多差劲的印象——可能正因如此，他开口时语气中半是倔强半是歉意：

"我住在这儿。"

"这样啊。"

"我只是突然累了。"

我之前当过摄影师，对面相多少有些了解，我观察着他，意识到他这张面孔跟那身破衣裳也不相配。他的嗓音则跟面孔类似，都很生动。

"那，不用我搭把手吗？"我问道，感觉自己必须说点儿什么，因为我一直注视着他，盯得已经有点儿太久了。

"不必不必，还是多谢您啦。"

"那再见吧。"

我走了，不用向他隐瞒自己必须好好抓着扶手的事实。

第二天，我又去姐姐家，毕竟已经说好了，说好了就必须守信用，这方面我有点儿守旧，可大雪纷飞，漫天鹅毛，我很想打个电话告诉她不去了。可我还是去了，她开了门，挂着拐杖，要求我先把雪掸干净。

我不乐意。我说不然我就走了。于是她让开了。我进了屋，把大衣挂起来，把帽子搁在架子上。她走在我前面，一瘸一拐地朝她的沙发椅走去。我在长沙发上坐下。我说，她这儿挺暖和。她没答话，却说，厨房屋顶的灯泡烧坏了。这我可帮不上忙，我很容易头晕。我想对她解释这个，她说谁也不会这样就头晕，那都是臆想出来的。我本可以反驳她，却没开口，反驳也没用。她却不松口，说，头晕有心理原因，像我这种情况，就是因为我从来不敢承担责任。我生气了，站起身来想走。我已经守了信，现在要走了。或许她看出来了，或许没看出来，反正她请我从厨房把盛着圣诞蛋糕跟咖啡杯的那个托盘端过来，还有热水壶。我没法儿拒绝，把一套都端进来，摆在我俩之间的桌子上。切成块的圣诞蛋糕上慷慨地涂满了黄油。真想不到，我让了步，说。她听了显得很高兴，让我吃了一惊。她说，那是她亲自烤的，我没底气地说，那我尝尝。结果，说头话，相当好吃。一时间我们两人无话。我望着盘旋在窗外的雪花，思索着我姐姐的人生有什么乐趣，思考了一会儿，得出结论，那就是她极可能什么乐趣也没有，鉴于此，我感觉有必要说点儿友善的话，我一下子变得有些感伤，或许是因为外面的雪和屋里的温暖，可话终究是没说出来，因为我刚要张嘴，她就问，我俩要不要坑局快艇骰子。她问话的语气，像极了一个确信自己十之八九会被拒绝的孩子，尽管我不太爱玩骰子游戏，因为运气的成分太高，听了她的语气，还是没法拂她的意，再说了，我绝对不想走回那漫天飞雪里。她说，计数表跟骰子在柜子里；柜子上方的墙上挂着全家福，一大家子人，人人都挂在那儿，死人活人齐聚一堂，让人看了就心中郁郁。我找到了计数表和骰子，回到

3

桌子旁，开玩。一连两次，她扔骰子扔得特别随便，一个骰子都滚到了地上，第二次滚到了长沙发底下，我不得不跪下，把它从沙发底下摸出来。我正趴在那儿，她说，我裤子屁股后边都坐白了。我知道，可她这一说我就生气了，我从来不能容忍有人因为生来的亲戚关系就可以不顾体面，这话我也跟她说了。哦，抱歉，她说，声音小得出乎意料，大概是害怕我不玩了吧。我不说话了，因为突然想起了楼道里那个衣衫褴褛的人。昨天回家路上我拿定主意，要问问她那人的事，现在我话都到嘴边了，却还是收了回去，别让她发现我把那人跟我自己的裤子屁股联系到一起。就这样，我把骰子递给她，我们接着玩。我感觉时机差不多了之后，说，我昨天在楼梯上遇到一个和善的老人，不知怎的觉得他有些眼熟，姐姐知不知道那是谁？她不知道说的是谁，肯定是个访客吧。她这单元就住了一个老人，可绝对称不上和善，那人可吓人了，绝对是个流浪汉，叫社会福利局给分了套房。对，对，说的就是他，我说。她睁大眼睛，不满地盯着我，我装作没注意到，问她知不知道他叫什么。拉尔森，她回答到，仿佛受了冒犯似的，要么是延森，反正是相当普通的名字。我觉得她这样有点儿好笑，就说，啧，是挺普通一名字，真是可怜人。这话可就过分了，她说。稍稍过了一丁点儿吧，我说。她掷了骰子，一个骰子差点儿又掉到地上。她向我保证，她没假装高贵人，倒是我在这儿扮好撒玛利亚人[1]，这骗不过她，我连换个灯泡都不管，要是一大群吃救济饭的人往我家跑，她倒是想看

---

1 《圣经》中的一个典故，来源于《路加福音》中耶稣讲的寓言：一个犹太人被强盗打劫，受了重伤，躺在路边。有祭司和利未人路过但不闻不问，唯有一个撒玛利亚人路过，为他疗伤，并出钱送他进旅店。"撒玛利亚人"现多指好心人、见义勇为者。

看。我火冒三丈，必须承认，首先是由于她关于灯泡的那句话，我刚想对她说句毒辣的伤人话，她突然一扭头，泪流不止。她睁着眼睛张着嘴巴哭，哭得令人不安，我很清楚，她这是打心眼里想哭。或许我应该过去安慰她，把手放到她肩膀上，或者捋捋她的头发，可一想到她说我扮撒玛利亚人，我就没动。我就这样坐在原地，六神无主，我根本不知道自己见没见过她哭，反正自打她长大就没见过，无论母亲还是父亲的葬礼上她都没哭，我就没想过她会哭，因此我不明白她为何哭。她就这样哭个不停，或许根本没哭那么久，可我感觉好久，越来越不知所措，最终我不得不问她为什么哭，绝不是因为我想听她的回答，压根儿不是为了答案，而是因为这样她才能止住，让我摆脱这种不知所措的境地。然后，我把这问题提了不止一遍而是两遍之后，她用那种人们哭过之后有时会有的尖细嗓音说：我不是这样，我不是这样的。随后她的头往前一沉，什么动静都没有了。我琢磨，怎么这样入睡，多怪。可她不是睡着了，她死了。

之后几天，我往她家跑了好几趟，我是她最近的亲属，必须负责下葬的事，还得收拾她家的东西。其中一回，我在楼梯上又碰见那个破衣烂衫的男人。他正缓慢地上台阶，我走得慢了些，省得离他太近，可他显然已经听到我的动静了，站定下来，可能是想放我过去。他把两只手都放到扶手上，低头看着我。

"啊，是您呐。"他说，好像松了口气。

"您还记得我？"

"当然记得，您住在这儿？"

我在他下面一级台阶上站住，好给他解释情况，他看着我的目光清醒锐利，我不由得想：他在伪装。

我简短概括的叙述结束后，他用寥寥几语表达了同情，然后又说：

"我都不知道她死了。毕竟我还认得她。她很和善。"

"是吗，和善……"我回应道，"这可能就有点儿夸张了。"

"不不，根本不夸张，有次她甚至帮我把一个很重的购物袋拎到了楼上。"

"真的?"我惊讶地问。

"这种事会让人心存感激的，您也知道。"

"即便那本来就是应该的举手之劳。"

"哎呀，那是好久以前了。如今时代变了。我们也得改改习惯。这样才不至于失望，我觉着。"

他向我微微一笑，随后转过身，往前走了。我跟在他后面。他住在姐姐家楼下的公寓。房门上没有门牌。我们道了别，直到我快上完台阶，才听到他撞上门锁的声音。

过了一周，我在路上碰见他，我又去了一趟我姐姐的公寓，当时正好在回家路上。我看到他离我有一段距离，正朝这边过来，他脸色冷漠，没注意到我，直到我站到他面前，向他问好，他才一瞬间显得跟做贼被抓了个正好似的，不过只有一瞬间，之后就露出笑容。我们彼此说了几句不痛不痒的问候话，然后我们跟前的糕点房让我起意，问他肯不肯跟我一起喝杯咖啡。他犹豫了一小会儿，就答应了。店铺内堂宽敞明亮，摆了很多白色圆桌。他没脱下大衣，因此我也没脱。他慢慢地搅着自己那杯咖啡，尽管既没放奶也没放糖。我憋了一肚子的问题，却不知道该说什么。他开口问，我姐姐是怎么死的。好话题，我们两个都觉得脑溢血这原因大有道理。这种死法唯一不舒服的地方，他开玩笑道，就是时时刻刻都得把房子收拾好，好确信后世绝不会发现自己的秘密，更不要说癖好。我同样玩笑道，这么想就有点儿自命不凡了，于是，他注视着我，挂着或许有些嘲讽意味的浅笑，说：

"可您不会心下把我往狂人那方向归类吧。"

"不，怎么会。"我有些吃惊。

"这么说，您不以貌取人？"他问道，脸上还是那种令我难以看懂的浅笑。我向他保证自己不以貌取人，至少不会以貌取他的人。他疑惑地看着我，我明白自己说得太多又太少了，因此我说，他身上有种东西让我感觉他在伪装。

"您是说，"他说，"我的真实身份不是自己扮演的这个人？"

"不一定，"我回答，"更像是，您和自己的出身决裂，这么说吧，您从某个框架中走了出来。"

这话说得太拙，而且比我的实际意思说得更私密，我感到无比不自在，接下来的沉默尴尬至极。最后，我打算道歉，可他拒绝了，他的模样近乎震惊，他说我真不用道歉，正相反，他才是兜圈子盘问人的那方，再者说，我的话大致没错，数年前，他的人生发生了戏剧性的翻转，他也不想对此抱怨，我不要这样想，如果有人问他，那之后他的人生是变好了还是变坏了，他只能回答，不知道，就是变了。

说完了这些实际上什么意义都没有的话，他沉默了。我等着他继续说，可是再无后话了，既然在我心目中，他是个绝顶聪明的人，他这样毫无目地不发一言，在我看来，就是要以这种方式结束这个话题。也不知是否无端端地，我感觉自己被谴责了，就没再试图打开话匣子。我们随随便便聊了几句，他就感谢我陪他说话、请他喝咖啡，不好意思，他必须得走了。我们在外边握了握手，就此别过。

不久之后，我跟我弟弟约好了在姐姐的公寓里见面。我很少见他，也不因此难过。他是一个政府部门的法律顾问，挺自鸣得意的一个人。他比我晚到半个小时，比约定的时间晚了二十分钟，尽管为此道了歉，但是那随意的态度显得都有点儿侮辱人了。我忍住不满的情绪，他挂大衣时，我交给他一张家具动产和贵重物品的详细清单。自然，他首先对后一项感兴趣，最关心的是首饰和银器。我之前已经把这一切都分门别类，按相对清楚的顺序摆在卧室窗户之间的一张桌子上，把这跟他说了后，他感到有必要指责我几句，不把贵重物品存在安全的地方，实在是太疏忽了，要知道，没人住的空房子可受窃贼们青睐了。我没回嘴，不想跟他争论。他进了卧室，我进了厨房，好烧水煮咖啡。隔着墙，我听到他开抽屉和柜门的声音，我猜他还翻看了床垫底下，我也搜过。过了一阵子，他进了厨房，问我她是否留下了更私密的物品，比如信件之类的。我说，都在五斗柜里。他过去了，我把咖啡端进屋时，他坐在桌旁，面前是好厚一捆信。他读着信。我自己也读了很大一部分信件，就是母亲写的那些，其中一封被我揣起来了，里面有三句关于我的话。我建议他把信带走，回家再读。他同意了，我进厨房找个塑料袋。这时公寓门铃响了。我听到弟弟去开门。我记不太清塑料袋在哪儿了，找了一会儿。

走到客厅门口时撞上弟弟，说得客气些，他一脸困惑的样子，他说：是我你的。我一开始不懂这是怎么回事，直到他轻声道：你认识他？我才明白来的该是谁，同时愈发不理解弟弟这惊慌甚至惊恐的发问。是他；他站在门口，看上去同样困惑。他说不好意思，刚听到这间公寓里有脚步声，毕竟他就住在正下方那间，他本来以为是我，就我一人，无意打扰，只是想问问，过会儿，等我忙完了之后，能不能去他家喝杯咖啡，不过既然我这儿还有别人，可能很不是时候。我回答说，很愿意过去，他听了仿佛挺高兴。我回到弟弟那儿，他正站在房间中央，一脸疑问地盯着我。

"你认识他？"他问。

"当然认识他。"

"老天啊。"

"收起你那些偏见吧。"我话说得有点儿冲，他却不为所动，接着说：

"他住在这楼里？"

"对，他住在这楼里。"

"加布里埃尔·格鲁德·延森。"

我惊呆了。

"你也认识他？"我问道。

"不认识，上天作证。不过我关注了他的诉讼案。"

"诉讼案？"

"对，诉讼案。可你说了你认识他？"

"关于他的过往，他没讲太多。"

"是啊，可想而知。他弄死了自己的妻子，坐了不知道多少年牢。确实不是个光彩的故事。"

他还讲了一些；显然，他很享受扮演万事通这个角色，可由于他有些蹩脚地嘲讽我跟那人之间的所谓交情（他的原话），我针锋相对，说通常情况下我不会问别人弄没弄死过人的，他们的回答也不会让我决定自己是否喜欢此人。

随后，我们办了此行的正事，一小时后他走了。我清洗了咖啡杯，关上灯，出去后闩好门，接着下了一层，按响门铃。他接过我的大衣，领我进客厅。这屋子跟我姐姐那间大小布局都相同，不过家具很少。房间正中摆着一张又低又长的桌子，较长的两侧各放了一张单人沙发；其中一张背后立着一台落地灯，灯罩黑乎乎的，灯光将将可以照到几乎光秃秃的墙上。整间屋子看上去就像舞台布局。他请我落座，之后问我，愿不愿意来杯科涅克酒就着咖啡喝；我感激地接受了。我决定，有关听来的那些关于他的事一字不提。他倒好了酒水，问我觉得他家如何。一部分是他语调的缘故，我不由得将他这话看作一个有些许挑衅意味的问题，于是我说，这种斯巴达风格肯定要么是为了迎合他的脾气，要么是迎合他的钱包。这话说得圆滑，他说，接着又加上一句——我感觉这句相当不妥——他平时也不是不愿意孤独。您是说不愿意孤身一人？我问他。对对，他就是这个意思。然而近来，我姐姐去世后，这儿变得太静了，之前他能听到她的脚步声，时不时还能听到厨房里的话音或者声响，这房子很不隔音，现在他什么都听不到了，有时甚至觉得自己不存在，这让他委实恐惧。我是不是也独居呢？我点点头。恐惧？我问他。对，您知道，如果一切都空寂得如此迫人，那就得站起来来回走动，尽量对虚空说些话，这么说吧，用自己包围住自己，只有这样才管用。他轻啜了一口酒。我不知自己该说什么，我天性不习惯向别人倾吐心事，如果别人向我倾诉，我会感到又局促又尴尬。我让您不自在了？他问。没有没有，我回答，这话或许听上去很有说服力，因为他继续讲他的恐惧。我越来越不舒服。虽然说不出口，不过我猜，我来之前他已经喝了不少，只有这样才能解释，他怎么跟之前几次偶遇给我留下的印象如此不同。后来，当他居然又开始谈论爱情，我决定就此告辞。世上的爱太少了，他说了，我们必须感受彼此之间更多的爱意。尴尬死了。我们指谁？我问，爱又是什么？他只回答了第一个问题。所有人，他说。我耸耸肩，本来也可以不置一词的，但我有必要表个态，再说这个回应态度还是很温和的。您不同意？他问。我说，不，我不同意。他又提起兴趣，想再给我斟上科涅克酒。我礼貌地说，不用了，谢谢，而且不好意思，我得走了，我还有约。不过我没立即站起来，不能让他看穿我，再说我有些过意不去，他毕竟没惹我，只是像个蠢牧师一般胡说了一通而已。就这样，为了向他表达几分友善，我说，但愿很快就能为我姐姐的公寓找到一个买主，省得这份寂静变得太过压抑。哦，那也不会一样了，他说，见我疑惑地盯着他，他又说：您知道，您姐姐在某方面对我很好。是吗？我大感意外。是的，他说，知道传来的是她的脚步声……您大概懂我的意思。我点点头，站起来。这时我的脸处在黑乎乎的灯罩的阴影中，我还在不住地点头，仿佛都听懂了似的，演着一场跟这间舞台似的房间相契合的哑剧，我脑子里一个理智的念头都没有了。听他在说，跟可以理解他的人聊天真是太高兴了，幸甚至哉，很难遇到这样一个处在同一波长上的人。他帮我穿上大衣，随后我们握手。我走了，下定决心，再不踏进姐姐的公寓一步。

伊丽莎白

　　一个周日清晨，我从阳台上搬了把躺椅，搬到楼下花园的一隅，旗杆旁边，坐上去读《厄什或无政府》[1]。我哥哥和嫂子还没起床。时不时地，我偷偷摸摸地抬头看一眼房子，望向卧室的窗户，可帘子还没撩起来。我读到厄什诱奸亨特因大娘那一幕，她不情愿地放开帘子，他好把她逼进凹室，两人上床，我感觉这近乎强奸的一幕让自己兴奋。我嫂子伊丽莎白此时正好走到敞开的卧室窗户旁，我装作没看到她。

　　过了一会儿，她喊我进屋吃早饭。就我们两个。她说，丹尼尔头疼。她坐在我正对面，我看着她，比前一晚更觉愉悦，或许部分因为兴奋劲儿还没完全消退。大多数时候，她眼瞅着盘子，寥寥几次，我的目光对上她的，她迅速移开眼光。我对她问这问那，首先是为了驱散这近乎迫人的寂静，问的都是那些可以毫无顾忌地提给自己嫂子的问题，即便自己不到十二小时前刚认识了她，她回答得异常迅速，仿佛每个新问题都是个救生圈似的。不过她继续躲避着我的目光，她越躲，我的目光越肆无忌惮。这一幕让亨特因大娘于凹室中一边抗拒一边屈从的画面浮现在我的脑海里。

吃完早餐，我径直穿过城市，去看望母亲。儿子，她说着抚摸我的脸颊。她现在这么老了，老得仿佛什么都不剩了。我在她前面走进厨房，坐在桌子旁。不行啊，弗兰克，她说，我们应该坐到客厅去。不能坐在这儿吗，我说。她摆好咖啡壶，谢谢我寄的明信片，特别是耶路撒冷的那张。想想看，你去过耶路撒冷，她说。你上了各各他山[2]吗？没有，我说，就那儿没去。哦，她说，可惜。你父亲跟我过去常说，我们最想去的地方就是耶路撒冷，到了之后首先就要找两个地方，一个各各他山，一个客西马尼园[3]。我没吭声，她只是笑了笑。她把两个杯子摆到桌上，问我想不想来一块圆台蛋糕。我说我刚吃完早餐。她朝窗户旁架子上的钟瞄了一眼，然后问道，我觉得伊丽莎白怎么样。我说，我觉得她很讨人喜欢。是吗，她说，是啊是啊，但愿你说得对。你这是什么意思，我问。哦，我也不知道，她说，我想她对于丹尼尔来说不算太好。谁都不会完全配得上丹尼尔，我说。是啊，她说，不说这些了吧。一时间，我们既不谈这些也不谈别的。我有两年没见她了；时间和距离冲淡了我对她的反感；现在这反感又抬头了。你没变，她说。没变，我回答，该怎样就怎样了。

我在她那儿坐了差不多一小时；尽可能地避免那些会让我们感受到

1　奥地利作家赫尔曼·布洛赫的三部曲小说《梦游者》中的第二部，出版于1931年。
2　意译为"髑髅地"，罗马统治时期在耶路撒冷城郊。根据福音书记载，耶稣被钉死在十字架上，而这个十字架在各各他山。
3　耶路撒冷的一个果园，传说耶稣受难前夜曾与门徒在晚餐后前往此处祷告。

彼此之间隔阂的话题，本来这次拜访也可以在和解的气氛中画上句号的，可惜她偏偏不知趣，告诉我自己祈祷了多少回，就为了让我重返基督怀抱。我听了一阵子，然后说：别说了，母亲。我做不到，她说着眼睛湿润了。我站起来。那我最好还是走吧，我说。你怎么心这么狠，她说。我心狠？我问。她陪我走到门口。那我谢谢你过来，她说。再见了，母亲，我说。向丹尼尔问好，她说。上帝保佑你，儿子。

我径直去了火车站的酒馆，喝了两扎啤酒。这下平静些了。一列火车从南边过来，停了几分钟，马上就要开动的时候，丹尼尔从一节车厢里下来。直觉告诉我，自己看到了不该我看的东西，我迅速转过头。听不到火车的声音之后，我又望向站台。那儿空荡荡的。我又坐了一会儿，然后一饮而尽，走了。

回到哥哥家时，丹尼尔不在家。我跟伊丽莎白说，母亲让我带个好。你没碰见丹尼尔吗？她问。没有，我说。他过去见你了，她说。去我妈家？我问。是啊，她说。

我从客厅里拿了《厄什或无政府》，去楼下的花园里，走到躺椅那边。椅子立在阳光里，我把它搬到苹果树的阴影中。伊丽莎白走到阳台上，问我想不想要一杯咖啡，很快，她就把咖啡端来了。她娇小苗条，穿过草坪往我这边儿走时，我心想，举起她肯定很容易。多谢多谢，伊丽莎白，我说。她笑了笑，立刻就走了，我坐在那儿，思考一个冒失的念头和一桩具体行为之间有多少距离。

半小时后，丹尼尔来了。他此刻穿着短裤和一件花衬衫，领口没系上，让他毛茸茸的胸口露了出来，很久以前，我一度很羡慕他的胸毛。

他仰面躺在草地上，在阳光下闭上眼睛。我们随便聊了些闲话。其间邻家屋里的一个女人开了一扇窗，然后马上出屋进她的花园，坐的位置让我能够看得到她。丹尼尔讲起他的一个同事，这人我认识，他说这人最近肯定是得了结肠癌，死了。邻家花园里的女邻居又进屋了。好无聊。我说，我得去趟厕所。我拿上了空咖啡杯。伊丽莎白既不在客厅也不在厨房。我上楼去自己的房间。透过窗户，我看见丹尼尔站起身来，翻着《厄什或无政府》。这书大概不合你胃口，我想。邻家那女人走出来；我看见她张开嘴，丹尼尔往栅栏那边去了。我躺倒在床上，心想，自己不该来的，早该想到，我跟丹尼尔之间没多少共同点。我躺了几分钟，然后又下楼，进了花园。丹尼尔不在。我坐到躺椅上，拿起书读。过了一会儿我往回翻了几页，重读一遍厄什跟亨特因大娘那幕，可这当口丹尼尔从邻居家的楼台门走出来了。他跳过栅栏，看上去兴致不错。我刚刚不过是去帮邻居搬柜子了，他说，一边去水龙头那边洗手。你想喝啤酒吗？他喊道。好啊，喝吧，我喊道。我把书放到草地上。他拿着两瓶比尔森啤酒又出屋来了。伊丽莎白不要我们了吗？我问。她一会儿就回来，他回答。他躺在草坪上，说我不该坐在阴影里。我没答话。啊，真好啊，他说。我还是没理他。你不以为然吗？他问。深以为然，我说。伊丽莎白绕过房子的西侧，出现了。我站起身。过来坐这儿，我说，我再拿把椅子。她说，她自己搬一把就行了。我登上天台，搬了把折椅。她没坐下。谢谢，她说。我弟弟是个绅士，丹尼尔说。是啊，她说。她坐下了，坐的姿势既可以看到丹尼尔又可以看到我。我就想给她留个好印象，我说。听见没有，伊丽莎白？丹尼尔问。听见了，她说。你小时候总是送妈妈一束野花，还记得吗？我还记得。不，我说，不记得了。不记得了？妈妈每次都说：你是妈妈的心头肉，有时她给你一片涂了厚糖霜的白面包。你忘了，我有次从你手里把这块面包抢走，扔到台阶前的石子地上？不记得了，我说，我忘了。小时候的事都不记得了。你当时肯定得有七八岁了，他说。我小时候的事也差不多忘光了，伊丽莎白说。丹尼尔笑了。你笑什么？伊丽莎白问。没什么，他说。伊丽莎白低下头，眼瞅着自己的膝盖，我看不到她的眼睛。然后她脑袋猛地往后一甩，站起来。不坐了，我要走了，去……她说。她走了。我闭上眼睛。丹尼尔不说话了。我想，他对面包片的故事多少做了些改动：当时他吃了我一半面包，另一半被我从他手里打了出去，然后掉到石子地上。我睁开眼睛，凝视着他，看着他毛茸茸的胸膛，我感觉稍稍有些恶心。他躺着，吧唧着自己薄薄的嘴唇，随后说：你觉得她如何？我喜欢她，我说。他坐起身，从酒瓶中喝了一口，然后躺回去，望向天空，却没说什么。我站起来，穿过草坪，走向小菜园，里面长着生菜、香葱和一排甜豆荚。我心想：这难熬的一周要怎么才能撑过去。摘下一个豆荚，我走回丹尼尔那边，说：我一直想要一个菜园，种上甜豆荚、白萝卜跟甜菜。这样的话，他说，伊丽莎白跟你倒是绝配。你不要她了？我问。他盯着我。此话怎讲？他问。玩笑而已，我说。他又盯了我一会儿，然而重新躺下身去，闭上眼睛。我说，我还得写封信，带上书走了。伊丽莎白在通往二楼的楼梯上跟我碰个正着。你家菜园真好，我说。是吗，她说。我尝了甜豆荚，我说。她站得比我高一阶台阶，我们对视着，我又想：要举起她肯定很容易。你随便吃吧，她说。谢谢，我说。我从她身上移开目光，她接着下楼。本来应该多看她一会儿的，我想。我进了楼上自己的房间，躺上床。

一声雷鸣把我吵醒了。天色很暗，我冻僵了。我站起来，关上窗户。一道闪电撕裂云层，紧接着，暴雨倾盆而下。一派壮丽景象。

我下楼进了客厅，丹尼尔站在露台的门边。雷雨让我情绪缓和了些，我走向他，说：是不是很棒？还棒？他问。树上没熟的苹果都快掉下来了，看看那豆荚。我看过去，几条藤蔓已经平躺在地。是啊，可惜，我说，不过可以重新绑上的。我看不行，他说。当然可以啦，我说，我给你绑。

过了一阵子，雷雨平息，树叶和草重新闪耀在阳光下。我向丹尼尔要线。这你得问伊丽莎白，他说。她在厨房里，仿佛哭过似的。她递给我一捆线和一把剪刀。我出去。三棵苹果树，每棵下面最多掉了三四个果子。我把豆茎绑好，很快就干完了，然后我上楼，坐在露台上，不想进屋。

饭桌上，丹尼尔和伊丽莎白之间气氛紧张至极，我试着跟他们说话，一切努力如泥牛入海。最后，我们三人沉默地坐着。渐渐地，我心里滋生了某种不可抗拒的念头，还没吃完，我就放下餐具，站起来说：多谢款待。我注意到丹尼尔抬头看我，却不愿回应他的目光。我上楼进自己房间，拿了外套出门。我穿过城市，进火车站的酒馆。我坐下，面前是一扎啤酒，感觉焦灼在心中翻腾。有个男的拿着一杯啤酒走到我桌前，问我能不能坐这儿，我相当生硬地拒绝了，他还是坐下了。我站起来，换了张桌子。他坐的位置和我隔了三张桌子，他瞪着我。我装作没看见。喝完一扎，我去前台又点了一扎。我在桌子另一边坐下，背对着那人。我在想丹尼尔的事，想他从火车里出来，想他从邻居家出来后洗手，还想他嘲笑伊丽莎白。我也想伊丽莎白的事。然后那讨厌鬼又走过来，正对着我坐下。滚，我说。去你妈的，他说。滚！我说。去你妈的，去你妈的，去你妈的，他说。我起身，抓起自己的杯子，把里面的酒泼到他脸上，接着转身就走。我迅速离开，直到门口才回头。他没跟上来，还坐在那儿，用桌布擦脸。

太阳下山，我才回去。我关上门。房子里静悄悄的。我走进客厅，丹尼尔坐在那儿。啊呀，他说，你回来啦。我没搭话。你去哪儿了，他问。散步去了。我坐下。光散步，他说。我没回答。他不说话了，坐着看窗户外。伊丽莎白不在？我问。她上床了，他说。他继续望着窗外，然后说：或许你该走了。我想到了，我说。我的意思是，不是我想这样，他说。是吗？我问。他扫了我一眼，却没答话。我站起来，走向露台旁的桌子，拿了《厄什或无政府》。是伊丽莎白的意思，他说，她现在不太舒服。是吗？我说。我不想谈这个，他说。我走到门口。我明天就走，我说。从外面关上门时，我听到他叫我的名字，可是我装作没听见。我上楼回房。屋里渐渐黑了，可我什么灯都没开。我坐在窗口，万籁俱寂，只有蚂蚱的鸣叫声。我不累，心里太冷了。过了好久，我听见上楼的声音，一扇门响。然后又安静了。

我在黑暗中脱衣，因为我幻想着看到伊丽莎白在眼前，她的形象恐怕见不得光。或许我将这个形象带入梦了，因为夜里，一个有关女人的梦把我惊醒，她被绑在一头巨兽的肚子上。

早晨下雨了，静静的雨细密地落下。我听到一楼的声响，不愿起床，我想等等，等丹尼尔和伊丽莎白去上班。等着等着，我又睡着了。

九点左右，我再次醒来，二十分钟后，我下楼进了客厅。雨停了，我想进花园，可露台的钥匙没了。我进厨房，早餐为我摆好了，盘子旁边放了张纸，上面写着：让你离开很抱歉。伊丽莎白也过意不去。希望你别放在心上。请把钥匙放在露台上一把椅子的底座下。丹尼尔。

我读了两遍，然后懂了。

我把这张纸放在原来的位置，丝毫不差，然后上楼，走进伊丽莎白和丹尼尔的卧室。我还没进过这屋。床铺收拾好了。我没什么想找的。椅子的靠背上没搭着松松垮垮的衣服，床头柜上也没放着可以透露出谁在哪儿睡过的东西。我打开一个木隔间的门，里面挂着裙子和西服。没什么想找的。我离开，进自己屋，收拾箱子。很快收完了。我拿着箱子下楼去门厅。离火车来还有两小时。我到客厅坐下。自从读了那段留言，我脑子就有个执拗的想法不肯散去。我从记事本上撕了一页纸，写道：伊丽莎白的事很抱歉。希望你别放在心上。向她问好。我把钥匙放在信箱里。弗兰克。

一切如前

生锈的波纹白铁皮屋顶的阴影里头，胖酒保在抽烟。此时刚过下午三点，他左肩后的温度计上显示着三十九摄氏度。他弹下烟蒂，走进半明半暗的酒吧，那个苏格兰小个儿坐在里面，正在摆单人牌戏。

卡尔转过脸，看见一艘小渔船绕过狭长的防波堤。堤坝背后，大海消失在热浪中。

他呷了口啤酒，酒水已经温热了。渔船消失，万物静止。

不过那只是一瞬间。扎卡西亚斯的小绿海拉克斯转过公交车站旁边的街角，开过来了。它停在一棵枝叶蓬乱的棕榈的树荫下。扎卡西亚斯下车，从车厢上搬下装葡萄酒和可乐的箱子。胖酒保走出酒吧，喊了些什么，卡尔没听懂，扎卡西亚斯回答了。酒保过去接货，两条肉墩墩的大腿一路蹭来蹭去。两人搬着箱子进了酒吧。

他出去拿箱子时，扎卡西亚斯望向卡尔这边，喊道：

"你妻子不在?"

"不在，她病了。"

他敲了敲自己的肚子，让自己的谎话显得可信。

"真遗憾。好妻子——好吗?"

"好。"[1]

他们把剩下的箱子搬进来。然后又安静了。

卡尔喝完啤酒,放了几枚硬币在桌上,站起身。他走进桶匠小巷。西南边的阴影对于他来说太窄了:太阳无情地灼烧。

他走上昏暗的楼梯,去三楼的公寓。房门关着。他敲门,尼娜却不应。他叫她的名字,没回应。他原本百分百确定她在里面,都没在前台看钥匙在不在。他下楼拿钥匙。钥匙不在。

让她见鬼去吧,他想,出门走进残酷的日光。原路返回,桌子还没收拾,硬币还放在桌上。他坐下,脸朝着黑乎乎的酒吧门。他把硬币揣进兜里。胖酒保没露脸,过了一会儿,卡尔站起来,走到吧台那边,大空调在那儿象征性地制了点儿冷气。酒保和苏格兰人在下棋。卡尔点了杯啤酒,然后在波纹白铁皮屋顶下往里挪了挪,坐到另一张桌子旁边,省得光线太刺眼。尼娜装作不在屋里,让他十分诧异,这根本不像她——灵光一现,他认识到自己的问题,想:我并不了解她。

他喝酒。他想:现在我就要呆在这儿,她知道去哪儿找我。现在我要灌醉自己,不过要慢慢地。

酒水入肚,苦涩喝成了麻木,然而没喝出太多的醉意。人们渐渐来了,四点半,酒保打开留声机,慵懒的午休结束了。小个子苏格兰人从酒吧出来,坐在门口的那张桌子旁。

---

1 此段对话为英语。

卡尔喝酒，喝得很慢，但很坚定。

今天轮到他了。

昨天轮到尼娜。

一开始多好啊。他们坐在巴巴罗萨餐厅，面前是一道鱼和一瓶白葡萄酒。短暂的暮色来了又去，轻柔的夜色低沉到大地。他们聊着蹑手蹑脚地从条条小巷中汇集到海上的光芒，那光芒随后消失在地平线后。他们喝酒，手指轻轻碰触，十分惬意。两人周围的夜色渐浓，他们付了账，往老集市广场去，手牵着手。

他们在街旁一张桌子边落座，点了啤酒。之后尼娜要了一杯拉基酒，之后再要一杯。一切都好；卡尔强烈地感受着两人的亲密无间。后来尼娜建议两人走动走动。他们穿过半明半暗的狭窄巷子，毫无目的地溜溜达达。

突然间，他们听到了布祖基琴[1]的声音。跟随着乐音，他们来到一间小酒馆。音乐家年近花甲。他们坐到唯一一张空着的桌子前，点了拉基酒。柜台后面的墙上挂着报纸上剪下的照片和图片，都是关于布祖基琴师的。"他肯定很有名。"尼娜兴奋地说。她喝干拉基酒，对柜台后面那个瘦女人招手示意再来一杯。卡尔还没喝完。这一下子尼娜就离开他了。她环顾酒馆；此时她露出她特有的那种无遮无拦的目光——既淫荡又无辜。她用这种目光盯着门口一张桌子上的三个男人，他不知道盯的是三个人还是其中一个。可他知道，他得管管她这种情绪，有必要的话得让

---

1 一种希腊拨弦乐器。

她彻底收敛，否则最后该不欢而散了。然而他什么都做不了，一时间无能为力。见她还想再点一杯拉基酒，他微笑着——好吧，是苦涩地微笑着——问，她是不是打算把自己灌醉。"我好得很。"她回答，一边对布祖基琴师和门口那三个男人抛媚眼。很快，柜台后的女人过来，把他们的杯子斟满，可能是那三人中的一人要求的。卡尔说，他们用不着喝完这杯，可她还是喝了。他也一样，他输了。爱怎样怎样吧，他想，她就是想这样，这就跟她身体里的一种本能似的。尽管如此，过了一小会儿，他还是说，他要走了。"你不高兴了？"她问，他说没有，因为她说得其实不对，他伤心了，而且不知所措，或许还有些愤怒。好吧，根本不是有点儿愤怒。他眼睁睁地看自己戴上绿帽子，老婆就当着自己的面——他气得肺都要炸了。他朝店家招招手，微笑着交了钱，又对尼娜笑了笑，还有那琴师，谁都别想从他身上看出什么，一切正常，一切都好。他站起身，问她要不要一起走。"我们这儿正高兴呐。"她说。"我们？"他微笑着问。

她跟着走了。

两人谁都没说话。她跟在他身后，一步之遥。

他们走到海港，尼娜说："你不是这就想回家了吧，嗯？"他回答得推推诿诿。"反正我还不想。"她说。"只要你不再喝拉基酒。"他说。"天哪，别这么扫兴。"她说。"好。"他说。"那就再喝一杯啤酒。"她说。

她挑了间酒馆，挑了张桌子，这地方人最多。卡尔想找些话说，找些能让她回去的话，可是他什么也想不到。为了逃避这揪心的沉默，他去了厕所，在那儿呆了好久。回来时发现她已经跟邻座的两个希腊人攀谈上了；他们在说英语，在谈尼娜——她从哪儿来，住在哪儿，要呆多久。两人又友好又礼貌，也不烦人。卡尔觉得他们很不错，特别是离尼娜更近、英语说得更好的那个，他叫尼可斯，从雅典来，在这儿度假。过了一会儿，尼娜把自己的椅子搬得离尼可斯更近了，卡尔咬着牙却微笑着说："你用不着这就生吃了他。"她注视着他。"你得说英语。"她说。

于是他没话可说了。一切如常。尼娜又点了啤酒，一副漫不经心的样子。尼可斯的朋友走了，尼可斯把椅子搬到他们的桌子旁，尼娜把手放到他赤裸的胳膊上，一副漫不经心的样子。卡尔装作没看见，确切地说：仿佛那没什么意义，继续谈论军政府[1]瓦解后的法律程序，在尼可斯看来，处理得像出闹剧，混乱成灾。尼娜打断了他的话，问他是不是法学家。尼可斯笑了，把自己空着的那只手放到她的手上——尽管只放了一瞬间，说他在一家保险公司上班。尼娜倒觉得他看起来不像。卡尔看了看表，说实在有些晚了。尼可斯同样看了看表，予以认同。他说，他跟他们顺路。他们付了账。尼娜建议大家顺着海滩走。卡尔看见尼娜牵着尼可斯的手，心中刺痛。他离他们远了些，不很远，但远得足以让微波拍岸的声音盖住他们的话音。突然间尼娜站住了，转向尼可斯，吻了他的嘴。这吻并不长久，而且尼可斯只是接受了她的吻而已。可他没放开她的手。卡尔没说话，只是站着，凝视着他们。他的面孔在昏暗的光线里，他们的面孔在阴影中。就着海边小路的灯光，他注视着他们的剪影，他看见尼可斯把自己的手从尼娜的手中抽出去。随后他们继续往前

1　指1967年至1974年7月统治希腊的右翼军政府。

走，谁都没说话，卡尔走在几米开外的前方，不愿意转身，他也有自己的骄傲。他仰视旁边的路灯，听见他们从后面走近。他们上了大路，卡尔接着往公寓走，尼娜和尼可斯在他背后聊天，尼娜笑了。于是他还是回了头，看见他们相互挽着手臂。这时他们快到公寓了。该结束了，卡尔想，别这样蹑手蹑脚了，反正也结束了。他走得快了些。尼娜在他身后喊了些什么，但他装作没听见。他走进公寓，向迷迷瞪瞪地坐在电视旁的马诺斯点点头，从柜台后拿了钥匙。他迅速上楼进屋。阳台的门开着，路灯光照了进来。他没开灯，上了阳台，阳台差不多就在大门的正上方。他什么都没听到。他俯到栏杆上边，朝下边张望。他们不在。他坐下，点了根烟。过了一会儿，他听到门开了，一动不动地坐着，有那么绝望的一秒钟，他想她不是一个人。可只有她。她站在他身边。"你怎么回事？"她问。他没回答。"你就每次都得这样。"她说。他忍住没回答，因为他想要个答案。"妈的。"她说着进屋去了。他把燃了一半的香烟扔到街上，又点了一根。她打开灯。"是我做错了什么吗？"她问。他没回答。她又出来了。"你不上床？""现在不上，"他回答。"你这是想惩罚我？"她问。"为什么？"他说，他觉得这个回答不错。"因为你那根一动就痿的鸡巴满足不了我。"她又进去了，熄了灯。他还坐着，他的心无法平息，血越搏越冲。现在该结束了，他想，总有结束的时候。

他又抽了三根烟，然后猜她睡着了。他轻手轻脚地走进去，脱衣服，拉上窗帘，摸到床边，把被单拉到自己身上。尼娜动了动。"是我做错了什么吗？"她问。他没回答。"你他妈真是个虐待狂。"她说。他躺着，回想自己能想到的最坏的话，然后说道："有次你说起你一个朋友，

26

她老是坐在那儿晃悠她的屁股。今晚上看见了你的模样，我突然懂你说的是什么意思了。你就应该……"

突然间，她扑到他身上，令他措手不及，他感到她的手指扼在他的脖子上，她怒吼："我宰了你！"扼得并不紧，可卡尔惊慌失措，扑打个不停。她松开了手，却回击起来。他推开她，一脚踹开被单，站起身来。她喘息着躺在那儿。他撩开帘子上了阳台，转身进屋拿衣服和香烟。这时一点半。

两点一刻，他又进来了，躺下。尼娜睡了。九点半，他醒了，轻手轻脚地起床。尼娜睡着。她把被单踹开了。她左肩前边有一块淤青，有拳头那么大。一股柔情蓦地摄住了他，一眨眼的工夫他又想起来了。他轻手轻脚地出去了。

胖酒保与他目光相对。卡尔朝空杯子示了下意。酒保点点头，走进吧台。卡尔想着尼娜——并且希望她别过来。

恰在此时，她来了。她穿着蓝色的衬衣，肩膀遮住了。

"你在这儿啊。"她说着坐下。她克制地笑着。他没笑，躲避着她的目光。仿佛我问心有愧似的，他想。

"我大概喝了个烂醉，"她说，"我冲你横来着？"

他点头。

"因为我说我怎么看你了吧。"

"哦。因为这个。"

酒保端来一瓶啤酒。尼娜也要了一瓶。

"因为这个。"卡尔说。

“你当时说了什么？”

“我说你过去说你一个朋友老是晃悠她的屁股，我突然懂你说的是什么了。”

“哦？这话怎讲？”

“你就记着你想要什么了，对不？”

“我记着我发火了，冲你横来着。”

“尼可斯呢？”

“什么尼可斯？”

他描述了那些令他最感屈辱的细节，单没讲她说他满足不了她的言论。他将一切描述得详详细细，等待着她如感芒刺在背。

正好他一讲完，酒保就把酒拿来了。她把酒倒进杯里，动作很慢，喝了很久，说道：

“天哪，卡尔。这都不算数的，我喝太醉了。再说我大概也什么都没干。”

“没有，大概没有。没有，没有。好了吧。”

“卡尔。”

“你不明白。要是我这么干你会说什么？”

“你又不会这样。”

“哎哟，天哪。”

“可这很重要。你是你，我是我。你不了解我。”

“不了解。”

“别这样。”

他长久地看着她旁边，对着虚空说：

"是啊，刚才你来之前我还在想你，可同时我又希望你不要过来。我害怕你会突然出现。仿佛我必须得问心有愧似的，而且理应有愧。好多回都这样。想你又希望你不要来——根本就是精神分裂。夜里我已经下定决心了，我们必须得分手。你这样对我，我感觉太操蛋了。"

"可我喝太醉了呀。"

"你故意喝醉的，这都多少回了。你一喝醉，就可劲儿地作践我，差不多每次都这样。我又不笨，我知道这肯定有个原因，原因就在我们的关系里，你本来是应该从中吸取教训的，可你就不。你闷声不吭，喝个烂醉，然后折磨我。我又不是出气筒，你对我就跟对出气筒似的，我受够了。"

"可你什么都没说，你为什么不说呢？"

"你要如何行事，得你自己决定。我又无权左右你——我只有权让自己避开那个拿我耍着玩的人。就算我当时再多说几句，也不过让自己多受几分辱没。我是应该走的，可我没那么坚强。"

她什么都没说。他突然感觉空虚。他斟上啤酒，尽管杯子几乎还是满的。他想走。他希望她说些伤人或者气人的话，让他有个离开的理由。可她什么都没说。他们面对面坐在这张小桌子两侧，卡尔假装在观察四周喧嚣的人群。尼娜的脑袋一直微微歪着，她的目光停留在绿色的桌面上。几分钟过去了。卡尔站起来进屋，去厕所。他站在那儿尿尿，怒气冲冲，回到酒吧中天光和灯光混杂出的昏暗中时，他定住了，因为一首爵士曲，它从柜台里很靠后的一个角落里传出来，是一台唱片机在播放。

主角是一架萨克斯，它唱出一种心伤，听着这个，他现在感到宽慰。他要了一杯拉基酒，这样就不用光站着了。他看得见尼娜，听着音乐注视着她。他想：为什么我问心有愧呢？

他喝尽杯中的酒，出去，说：

"我感觉良心不安，真奇怪，可也有些可悲。本来也不能肯定说就是你的错，也可能是因为我就是缺乏自尊心。"

他不太清楚自己为什么说这些，不太清楚自己在期待什么样的回应，但她没回应，她只是直勾勾地看着前面。霎时间，她夜里的斥责，他没提到的那句，横在他们之间，如一道栅栏，又如一方自由，他一边站起来一边说：

"我要回家了。"

他往桌上放了张纸币，走了。她在他身后喊了什么，可他听不懂。他不知要去哪儿。他进城里，走入狭窄的街巷。此时的太阳斜斜地挂在天上，仅寥寥几次挤在房屋之间。

他离开她了，可她仿佛在他脑中扎了根。

他不知自己身在何处，一边坐到一张桌旁，喝拉基酒，吃蜗牛，毫不留情地审判自己：奴隶，骨子里他妈是奴性，每次，你一希望有丁点儿的公正降临在自己身上，就只顾心疼那折磨你的冤家，丢盔卸甲！

他喝啊喝，天色暗了，他作了个决定。他从一个酒馆走到另一个酒馆，直到喝醉。他嘿嘿地笑着，注意到自言自语时他不再说"你"了，而是在说"我们"。我们今晚不回家了，嗯？他说。我们要喝个烂醉，然后躺到海滩上，这样她就会好好想想了。我们让她吃屎去，我们偏要躺在她亲那卖保险的臭狗屎的地方。不过我们要先喝个烂醉。

于是他就这样做了。

这一晚后来发生的事，在他的记忆中有如笼罩在迷雾里。他朦朦胧胧地意识到尼娜出现了——却不知道出现在哪儿——还有他拒绝跟她一同回去，他要去海滩。他在海滩上吐了，很丢人，这些他记得。

接近中午，他醒了，在公寓里，尼娜轻抚他的胸脯和头发，说，她都明白。

他知道，她没有明白。

可或许她多少明白了一些。

她的手指爱抚他，一点点把被单从他身上扒下来。他回忆起来了，想要反抗，不然那一切就都白费了。可情欲渐浓，无法抗拒，她看出来了，交给她吧，别无选择。

他射精前一刻，一个粗野的声音从她身体里挣脱出来，她从头到脚一阵长长的战栗。他不知道自己该想什么，可他知道她要他想什么。

他感到空虚和悲哀。

她躺在他身边，玩弄他的头发。

"现在一切如前了，嗯？"她问。

他思索了一阵。

"是啊，对。"他说。

卡尔·朗格

他站在窗前,三层楼之下停了一辆警车,正对着人行道。两个男人下了车。窗前的男人认为自己推测得出两人要去哪儿,警察已经去过那里好多回了。

他仍站在窗前,好看看他们会不会把那个人带走。这时他的门铃响了。是他们。

"您是卡尔·朗格?"稍矮的那人问。两人都挺高的。

"什么事?"

"能让我们进去吗?"

"请进。"

他没请他们坐下,自己也一直站着。看到他们这么大的个子,他有些不安。

"我们能问您几个问题吗?"

"什么事?"

"整整三个小时以前,您是否在超市买过东西?"

卡尔·朗格看了看钟。

"是，怎么？"

"能否跟我们说说您当时的穿着？"

"就是现在这身，还有一件半中长的灰外套。为什么问这个？"

"马上就告诉您。如果您不愿回答这些问题，请随意……至少此时此地可以随意。"

"此时此地？"

"没错。您干什么工作？"

"翻译。要指责我什么吗？"

"不是。您多大了？"

"四十八岁。"

"能否给我们描述一下您昨天做了什么？"

"我不知道。"

"您不知道？"

"我很想知道您为什么问我。"

"可以理解。但是如果您不知道答案，这个答案对我们就更重要了。"

"我在家。干活来着。"

"一整天？"

"我下过一次楼，去街角买了趟东西。"

"什么时候的事？"

"大概十点。"

"其余时间您在家工作了一天？多久？"

"一整天。直到我上床睡觉。"

"这样啊。"

"到底怎么回事？"

"马上就告诉您。有人昨天晚上十点半左右在忒茵游泳池附近看到了您，您对此有何话说？"

"没这回事儿。"

卡尔·朗格看看这个大个子，又看看那个。他们目光平静，审视着他。个子更大的那位还没说过话，两手交叉在背后。他们的沉默仿佛在威胁着他，卡尔·朗格感到自己的举止加深了他们的怀疑，于是他说：

"就算是又怎样？就算我真去过那儿，又怎样？"

他们盯着他，不回答。

"晚上十点半在忒茵游泳池那边呆上一会儿，总不算犯法吧？"

"当然不算。您当时在那里吗？"

"不在！"

"既然这样，那就没必要这么激动了。如果您当时不在那里——唔，那您就不在那里。有没有证人可以证明您当时在家？"

"你们说过，不是要指责我什么。"

"对。您还没回答问题。"

"我不会再回答问题了。"

"很不明智。"

"您要威胁我吗？"

"昨晚大约十点半，忒茵游泳池附近有个未成年少女被强奸了。"

卡尔·朗格没说话。他有许多话想要一下子说出，却一声不吭地站着，惊慌和愤怒在心里翻腾着。

两人中较矮的那个说：

"那位姑娘对犯人进行了细致的描述，其中包括几个特殊的细节。"

卡尔·朗格还是没说话。

"该男子大约四十五岁，留着短山羊胡子，一头灰白的头发，过耳。该人穿了一条浅色的条绒裤子和一件领子遮住脖子的棕色毛衣，还有一件半长款的灰外套，外套的裁剪方式是她从没见过的。"

卡尔·朗格沉默地站着。他感觉自己一副有罪的模样。

"您的外套放哪儿了？"

卡尔·朗格朝着房门的方向点点头。个子更大的那人把背后的手伸到前面，去拿外套。他回来后，第一次张嘴道：

"这件？"

"对。"

"我们想带走这衣服，"另一人说，"还有您身上穿的这条裤子。可以吗？"

"不可以。"

"那您就把事情弄复杂了。那样的话我们就得带您走。"

"您说过，不是要指责我什么。"

"目前不过是初步嫌疑。如果您不隐瞒什么，可以消除嫌疑，对您自己有好处。我们过来是为了调查一起犯罪行为。我们要是想带您走，什么都拦不住。我们让您自己选择，就这样。"

在此之前，卡尔·朗格一直回应这位警察的目光。现在他垂下眼睛，一时间站定，然后望着地面，慢慢地把裤子脱下来。他感觉心中一万个不情愿，反抗之情却软弱无力，近乎听天由命，于是他没有进卧室去脱裤子，在他们面前脱了下来。现在他穿着一条绿色内裤站在那儿，浅色的条绒裤子拿在手里。警察无言地接过了它。卡尔·朗格走进卧室，关上身后的门。他给了自己很多时间，让自己不要细想。他听见客厅里轻声说话的声音。他穿上一条裤子，跟给他们的那条差不多一模一样。电话响了。他进客厅去接电话。

"喂？"

"我是罗伯特。你忙吗？"

"我……你是从家里打来的吗？"

"是。"

"那我过几分钟给你打回去。"

他很快地放下听筒，接着注视两位警察，问：

"还有事吗？"

"暂时没有了。给您一张外套和裤子的收据。我们会再联系您的。您没打算出行吧？"

"没有。"

"请您别误会，这不是针对您本人的。"

"确实。对了，您还没告诉我您叫什么。"

"我叫汉斯·欧斯蒙德森。"

"汉斯·欧斯蒙德森。"

他走到桌旁，把这个名字写在一个信封的背面，然后转过身，说：
"好了，就这样吧。"

他们走了。卡尔·朗格站在窗边，看着车子开动，开走了。

他进厨房，注视镜子里的自己。他突然想起来他要回电，接着却把这个念头丢到一旁。他拿出蓝色的塑料洗脸盆，往里灌满了热水，然后进卧室拿了剃须刀和一把剪刀。几分钟后他的胡子没了。他看着自己想：他干吗要问我在超市买没买过东西？

他倒了盆里的水，把盆放回柜子里，去打电话。

"我是卡尔。妈过来了，你懂的吧，她刚刚要走。"

"当然，我明白刚才时机不合适。好，是这样，我给你打电话，因为一个德国同事——一个西德同事过来看我，你跟他肯定聊得来，他会说英语，可他妻子也跟着，妻子只说德语，这可有点儿为难我。所以你今晚能不能过来一趟——行吗？"

"我考虑一下。今晚？你看，我手头正好有点儿急事。"

"这样啊。真可惜。还是尽量过来吧，卡尔，求你啦。"

"好吧，我会尽量过去，不过不敢打包票。"

"太好了，卡尔，谢谢你。"

挂断电话，他站在那儿思考：如果那个所谓疑犯描述的说法不是虚张声势，他们怎么不逮捕我？肯定是虚张声势。还是说他们欲擒故纵，好看看我怎么反应？

卡尔·朗格在这间不太大的屋子里踱来踱去；他思索着与警察的对话，试图弄清警察那些话的本质所在。他一次次回到同一个呼之欲出的结论：他们怀疑他强奸了一个未成年少女。

几小时后，卡尔·朗格离开住所。他在楼道里没遇到任何人，假设真遇到了谁，对方就会断定他模样不一样了。他不仅刮了山羊胡子，头发也明显短了，还戴上了一顶好几年不戴的灰色鸭舌帽。他穿着深棕色的裤子和一件旧得有点儿破的双排扣外套。每个认识他的人都可以一眼认出他，可他模样不一样了。疑犯描述不准确了。

卡尔·朗格离家的原因有二。他想看看警察是否在监视他，如果是，他想甩掉盯梢的人。这是一个原因。另一个原因是他心中不断滋长的绝望之情让他在屋里坐不住了：他被人（在超市里？是谁啊？）称做犯强奸罪的罪犯，两个警察拜访了他，与他谈话之后还继续怀疑他。他们看到了他，与他谈过话了，他却没能说服他们，他不是强奸犯！

外出的第一个目的很快达到了。没人跟踪他。直到他十分确定这一点之后，他才明白了为什么：当然不会跟踪他，就算警察也不可能相信他马上就会犯下另一件类似的案子。

然而另一个原因驱使他穿过几条大街，仍不能消除自己的屈辱感。有那么一阵子他甚至想去警察局找这个欧斯蒙德森，向他解释清楚自己是谁，然而一个缠人的问题让他停住了脚步：我是谁？

他没去罗伯特家，他觉着没法儿去，而且他的模样变了。他把电话插线拔了出来。他试图工作，却放弃了。在街上闲逛时浮现在脑海的一个记忆折磨着他。这个记忆年代久远，有二十年以上了，孩子们当时还很小。他们有个八岁大的小朋友，这小姑娘很喜欢照顾他们。一天下午他在卧室休息，身上就盖了一层薄薄的被单，这时她进屋找他，大概是问个什么问题。他不记得他们当时说了什么，可他们说话时，她开始用手指不断地摆弄他衬衫上的一个扣子。这让他兴奋起来，他勃起了。他希望她留在这儿，继续拨弄他，不只衬衫扣子，这完全是错误的，可就是这样了。这个回忆也折磨着他。

　　第二天早上，他坐着等待电话响起。他不知道他们需要多长时间来研究他的衣物，不过他下定决心不要一直等下去，等他们给他洗刷清白。最好积极一些，他垂头丧气地想。

　　电话一直没响，于是他去了警察局。他感到心中混杂着挑衅和恐惧。他要求与汉斯·欧斯蒙德森说话。他得等等。要说的话他又忘了。想好的一切要么忘了，要么没有意义。

　　欧斯蒙德森靠在椅背上坐着，既不友善也不冷漠。

　　"请坐。"他说，然后就不作声了。

　　"我巴巴地等您找我来着。"卡尔·朗格说。

　　"是吗？为何？"

　　"我要抹去这件事。"

　　"您的意思是，为了您自己？"

　　"对。这嫌疑太侮辱人了。"

　　"您的衣物还未检验完。并不是说，检查结果必然意味着什么。这您肯定是理解的。"

　　"您的意思是，它可能会针对我，却救不了我。"

　　"正是。我看出来，您刮了胡子。头发也剪了？"

卡尔·朗格没有回答。欧斯蒙德森说：

"昨天您说了，没有人可以证明您前天在家。"

"没有。"

"没有什么？"

"我没有证人。人们通常找不到人来自证清白。我还没用到过证人。"

"没有吗？"

"没有。"

"您仔细想想。想想八年前的事。"

卡尔·朗格不理解，他心中生疑。

"我不懂您在说什么。"他说。

"不懂吗？圣奥拉夫街，想起来了吗？您被捕过。"

"哦，那事啊。对，我现在想起来了。"

"您忘了这回事？"

"忘了。"

"不过现在记起来了？"

"我刚也说了。"

"细节也想起来了？"

"对。可那跟这件事有什么关系？"

"可能大有关系。可能完全无关。现在下定论还早。"

"您听我说！"

"稍等，朗格。警方记录就在我手里。让我把重要的给您理一理。

那天晚上一通电话把一辆巡逻车叫到了圣奥拉夫街，八号楼，原因是一个女孩子，喝得烂醉，躺在人行道上睡着了。那时将近午夜，天气很冷。警察到的时候那儿聚集了十个八个人，其中一位就是您。三名警察想要带走那个女孩时，您抗议说她是打算跟您回家的。您说，都跟您说好了，您强烈抗议他们带走那女孩，反应太大，所以最后把您逮捕了。那个女孩当时未成年。"

卡尔·朗格一时间沉默地坐着。瘫坐不动。然后他站了起来。

"请好好坐着吧。"欧斯蒙德森说。

卡尔·朗格站在那里。他站在那里，恨着眼前的这个男人。他说：

"谢谢您的报告。我不知道是您自己扭曲了事实，还是写记录的那位。我走了之后，劳烦您读读我写的那份，如果那份还没销毁的话。"

"我已经读过了。"

"那您就该知道，我因为反抗国家权力机构而被判了罚款。还应该知道我对此提出了异议，于是整件事中止了。为什么呢，您怎么看？"

欧斯蒙德森只是盯着他。

卡尔·朗格说：

"警方记录中写着，我当时喝得很醉。这是谎话，我说了自己刚从哪家餐厅里出来。后面又说，我当时很凶暴，特别是对一位拄着拐杖的老人动了手。然而我可以证明，我的肋骨三天前就骨折了。我可以推翻那份记录，逐句反驳，于是整件事就中止了。"

"是啊，警察们不称职，您充分利用了这一点。同僚们以为那就是几个醉鬼在吵架，所以没记录证人的姓名和地址。可如果您问心无愧，干吗这么激动呢?"

"那既然您手头没有对我不利的证据,怎么还能四平八稳地坐那儿呢?"

"您为什么剃了胡子、剪了头发?"

卡尔·朗格的第一反应是要冲动地打断他的话,告诉他这不关他的事。可话到嘴边忍住了。他说:

"因为我想象力丰富。"

他转过身,走了。

卡尔·朗格在家。他踱来踱去。电话响了,他不接。世界不该是这样的。电话响了很久。可能是警察,也可能是别的什么人。就算他不在家吧。他又回忆了一遍自己面对欧斯蒙德森的失败,思索自己本应怎么说。能让他满意的只有自己最后那句答复。其它的一切都差些什么,失之保守。

在这件八年前的往事上,欧斯蒙德森的完胜很容易理解,主要因为他摆出杀手锏,说那是个未成年少女,而他本人原本不知道这一点。那天晚上他沿着圣奥拉夫街走,以为那个蜷缩在屋子外墙边上的人是个男孩子。当时漫天都是雨夹雪,他没法径直走过去。他跟那人说话,没听到回话。一对年轻男女走过来站住。他给他们解释说,他肋骨骨折了,可如果他们能把这个年轻男孩摇醒,可以让他跟自己走,他就住在这附近。"这不是男孩,"那女的说,"这是个女孩。"他回答说,一样的。他们把她弄醒。她愿意跟他走。正在此时,巡逻车来了。他试图解释清楚,问他们是不是真有必要带她走。然而警察特别生硬地拒绝了他,让他心头火起,说他们得放尊重些。这就够了;其中一个警察反剪住他的手,因为肋骨骨折，让他觉得特别疼，他叫喊出声。然后他被推到车上，送到执勤室。

欧斯蒙德森利用这件事对付他。他看出了这件事的逻辑。一个中年男子打算带一名喝醉酒的未成年少女回自己家。他很清楚整件事看起来是这样的，特别是现在。他有嫌疑。一件助人为乐的举动遇到这嫌疑，就变味成了有碍社会风化的犯罪行为。

卡尔·朗格断定，自造访警察局以来，烦扰他的与其说是强奸嫌疑，还不如说是汉斯·欧斯蒙德森这个人，确切地说，是这个人所代表的那样东西。汉斯·欧斯蒙德森是敌人。在卡尔·朗格看来，他代表着权力那冰冷而聪慧的傲慢。他对警察报告的总结就是其巅峰之作——他说的话里没有直接就错了的，然而都在错误的边缘上。

卡尔·朗格决定再去见他一次。

然而汉斯·欧斯蒙德森却找上门来了，就在第二天上午，和上次陪他前来的那个大块头警察一起。他们带着他的衣服。尽管他像山一样立在他面前，他也没请他们坐下。他也没问问题。他说："不然我也会去找你们的。"

"啊哈？"

"我很诧异，你们没让我跟那个被强奸的姑娘对质。或者准确点儿说，让她跟我对质。"

"您都变了个模样，现在还说这话？"

"哦，您肯定能找副假胡子给我粘上。"

"那当然，可您把头发剪了。"

"是啊，我定时理发的。您是不敢吧，因为您害怕她认不出我来？"

欧斯蒙德森没搭理这话，而是说：

"那个姑娘出了这件事后，精神上禁不住这番折腾，医生说的。"

卡尔·朗格一时间没说话，然后说：

"明白了。原来如此。您怎么一开始不说？您为什么捉弄我？"

"您为什么剃了胡子还剪了头发？"

"我已经告诉您了。"

"说了跟没说一样。"

"因为我不希望自己看上去跟强奸犯一样。"

"没留胡子的强奸犯肯定比留胡子要多。"

"这话您说得可不太高明。"

欧斯蒙德森第一次显得占不着上风了。他的目光里有什么在动摇。但他没应声。卡尔·朗格说：

"您过来肯定不单单为了问我话吧？"

"我们把您的衣服拿回来了。"

"来两位警官，就为了送衣服？"

"您还没问检验结果。"

"这我就棋失一着了吧。这一来您就要想，我在担心您是否确实发现了什么。对不？"

"您这样想啊。看来您希望我们感觉您心中有谱，知道我们什么都发现不了。"

44

"对。"

"如果我们发现了什么呢？"

"那您就可以满意了。"

"我们发现了精液的痕迹。"

卡尔·朗格没有回应。他用不着思索太久就知道了，那是有可能的，于是感觉羞耻的红晕覆上了自己的脸。与此同时他怒火中烧；那是他的私生活，他的隐私，对于他自己之外的所有人都是禁忌。

"您不说话了。"欧斯蒙德森说。

"我对卑劣行径无话可说。你们没发现什么跟那件事有关的东西，所以您闭嘴认输就好。您这人实在恶心，不过您自己肯定也知道。"

"您干吗这么大反应。我就是想设法查明一件恶心的犯罪行为，是天底下最恶心的那种。"

卡尔·朗格知道自己反应过激了，可是怒火还没消，于是他说：

"这样就可以耍恶心的手段了？"

"我就是告诉您发现了什么。"

"那自然。于是您得出了什么结论？"

"尚无定论。不过您的反应确实比我预料中的要大。"

"这不新鲜。您明白告诉我，除我之外到底还有没有别的嫌疑人？"

欧斯蒙德森沉默地注视着他。

"你们到底找没找其他嫌疑人？您说您要设法查明这天底下最恶心的案子。符合那个惊吓过度的未成年少女描述的疑犯的，我在奥斯陆是唯一一个吗？"

"您打算质疑那份描述陈词吗？"

"您故意回避我的问题。"

欧斯蒙德森不发一言。

卡尔·朗格转过身，朝窗户走去，在那里站定，背对着他们。

"我们会再找您的。"他听到欧斯蒙德森说。他没转回身，听到他们走了。

卡尔·朗格没法工作。他想破了头皮，为了入睡吃安眠药，醒来时头昏沉沉的。两天过去了。他想破了头皮，却毫无进展。

然后他有了个主意，在电话号码簿里查找汉斯·欧斯蒙德森。他就是想看看这人的职业名称。有四个汉斯·欧斯蒙德森。其中两人干别的工作。另外两人里，一个住在基尔科街。另一个的住处离这儿就隔了四个小区。

他突然有了个念头。如果就是这个欧斯蒙德森的话。如果这人之前就晓得他的模样，是他看见他进或者出超市、然后立即将他跟那个被强奸了的女孩描绘的疑犯联系起来的话。

这个念头在他头脑中回旋，横冲直撞，他血脉偾张。

他本来已经将电话簿放到一边了，现在又打开，找到那个名字和号码。他想要试试，好看看自己对不对。

接着他又决定不这样做，不想与那个警察交锋，不太清楚在这种情况下该说什么。他反而拨了基尔科街那个号码。如果能排除这个地址——他几乎可以肯定这是谁的地址——事情就清楚了。警察家肯定有电话吧。

可他又不那么肯定了，他把手绢放到听筒送话口上，而且正因为此，感觉自己在做什么违法的事。

接电话的是个女的。他问那边是不是欧斯蒙德森警官家。不是。他道了歉，挂了电话。

他穿上灰色的大衣——这是自他得回这件衣服以来的第一次——然后出门。他很激动。他朝西走过四个小区，找到了那栋房子，是栋四层楼高的出租公寓，刚整修过。正如他所料：欧斯蒙德森家去警察局最近的路要经过超市。

可欧斯蒙德森是怎么追踪到他的？他是不是直接跟着他到楼门口，然后又向其他租户描述了他的模样，得知了他的门牌号？

卡尔·朗格既没有一直站在警察住的房子前，也没有进去。他往前走了几百米，然后转身从另一条路回家。他不想让别人看见。再一次，他感觉自己在做什么违法的事。

在楼道里，他遇到了欧斯蒙德森，欧斯蒙德森在下楼，独自一人。卡尔·朗格更坚信了自己的想法，震惊至极。

"您在这儿啊。"欧斯蒙德森说。

他没回应。

"我能跟您上楼吗？"

"您这次想干吗？"

"跟您说话。"

卡尔·朗格不说话了，继续上楼梯，欧斯蒙德森跟着他。他关上门，进客厅，没脱大衣，坐下。欧斯蒙德森同样落了座。

突然间，卡尔·朗格心中平静如止水，仿佛过去几天所有的冥思苦想都化作了坚不可摧的力量。他说：

"您从什么时候起认得我的？或者这么说吧：知道我的？"

"这话怎讲？"

"我不想听您的回答。您要干什么？"

"我是为了我们谈过的对质一事而来。"

"我对那没兴趣了。"

"您误会了。是我们有兴趣。"

他没回话。他心中十分平静。他在等待，可欧斯蒙德森同样在等待；这就像一场以沉默为武器的决斗。

卡尔·朗格是投降的那一方，不过他仍然很平静，感觉自己几乎占了上风：

"目前为止，您有多少嫌疑人？"

"这您上次也问了。"

"您还没回答。或许您不太擅长撒谎吧？"

"是啊。您呢？"

"擅长，如果情况需要的话。谁在超市里看见了我？"

"什么时候情况需要？"

卡尔·朗格站起来，脱下大衣，把大衣放在一把椅子的靠背上，重新坐下，脸却冲着另一个方向。

欧斯蒙德森说：

"您结过婚，对吧？"

"对。"

"大约八年前离婚。"

"看来您知道。"

"知道。据我所知，是您提出的离婚。"

"您从哪儿得来的消息？"

"不对吗？您突然离开了共同居住的房子。您说自己抑郁，需要独处一段时间。几天之后您打了电话，说自己不会回去了。"

欧斯蒙德森打住了。卡尔·朗格没说话，可心中的平静被摧垮了。

"您得承认，"欧斯蒙德森说，"以这种方式结束一段婚姻挺不同寻常的，即便在如今也是一样。不过您也许有什么需要瞒着尊夫人的理由？"

卡尔·朗格坐在那儿，脸仍然不朝着欧斯蒙德森。他试图让自己的声音显得漫不经心：

"那该是什么理由呢？"

"唔，比如说，您打算隐瞒另一段感情。"

"为何？"

"是啊。为何？"

卡尔·朗格忍不住了。这儿坐着的这个人，利用职务之便随意探查自己，在自己的私生活和感情生活里探头探脑，太侮辱人了。他的心中如急风骤雨，他直接站了起来，他不知道自己该做什么，可他忍不住了，几乎不由自主地，他走出客厅，走出家门，下楼梯，一开始从容不迫，随后大步流星，同时他在想：现在他无论如何都认为我有罪了。可他恰恰不再关心这个了，正好相反，把欧斯蒙德森往沟里带就像是复仇……

到了第一个拐角，他环顾四周。欧斯蒙德森不见踪影。他快步往前走，直到自己感觉安全，随后他进了一家小咖啡厅，里面几乎空无一人。他点了一块软和的华夫饼和一杯咖啡，坐在窗边。

他试着让自己平静下来，可做不到。他看到欧斯蒙德森就在眼前，沉着冷静、不可捉摸的恶人欧斯蒙德森，冰冷漠然地坐在那儿，用他那一连串阴险的污蔑在他的世界里探头探脑。他厌恶死他了，恨死他了！

两小时后，他再次关上自己公寓的门。他仍然混乱得很，为了消停下来吃了片安眠药。这时是三点半。他踱来踱去，等着药效发作。他不觉困意，半小时后又吃了一片。这时电话响了。他没接。他走来走去，却从不离窗户太近，以免外面的人能看得到他。随后他突然想起了，欧斯蒙德森之前提到过对质的事，于是他从椅背上拿起大衣，又从卧室拿了把剪刀，坐在沙发上把大衣剪了。碎布片被他放进一个塑料袋里。现在他平静些了。当然我也大可把这衣服藏到什么地方的，他想。他躺倒在沙发上，身上盖了条毯子。这周的报酬就要被我扔水里了，他想，这样不行，我得重新开始干活。

这时门铃响了。他浑身僵硬，侧耳倾听，只听见自己血脉搏动的声音。门铃又响了一遍，响了很久，几乎很不耐烦的样子，他感觉。我完全有权利不开门，他想，我又不知道外面是谁。不过我需要一把更好的锁了。

他又等了几分钟，然后站起身，跟做贼似的，蹑手蹑脚地走进门厅，溜到门口。他把耳朵贴到门上，什么都没听见，却不敢开门确认，现在还不敢。他回到客厅，拿起本子，在上面写下："已前往哈灵格达尔[1]的小屋，以求安心工作。约两周之内返回。"然后他折起这张纸，在上面写下"致罗伯特"。他打开放文具的抽屉，拿了一个图钉，然后又走到家门口，静听，开门，把字条在门铃下面钉牢。够狡猾，卡尔，他高兴地对自己说。过了一会儿他突然想起，罗伯特知道他在哈灵格达尔压根儿就没有什么小屋，于是重写了一张字条："我在哈灵格达尔租了间小屋，以求安心工作。再联系。"在折好的字条上写下"致西尔维娅"，深知绝不会有哪位西尔维娅来按他的门铃。这下我不在家了，他想。

可接下来他发现自己还是需要吃些东西的，于是迅速去往街角的店铺。

又到家了，他把两扇对着大街的窗户其中一扇的窗帘拉上，开了沙发旁的灯。外面的人看不见这相当昏暗的灯光，再说如今人们为了防盗，常常给许久不住人的空屋子亮上灯。这下我不在家了，他再次这样想，坐在沙发上。他感觉疲倦，躺下身来，盖上毯子，当睡意如绵长安静的波涛向他涌来时，他想：我得好好钉那张字条，如果欧斯蒙德森看到它了，我得知道。

他迷茫地醒来。他冻僵了。已是幽暗的深夜，五点十分，他睡了超过十二个小时。他脱下衣服，躺在床上。他又睡着了，梦见自己在给自

---

1 挪威南部一山谷。

己写明信片，简短地说他在法国，往卡片上贴了一张挪威邮票一张法国邮票。梦把他唤醒了。天还没亮。这次他没再睡着。他躺着，想前一天的事；那些事突然间好像变得不可理喻了；他肯定有个理由来着，这理由他一时半会儿想不起来了。可过了一会儿，一件事令人不安又清楚地呈现在他眼前：自从欧斯蒙德森当面说出了对他的怀疑，无论这怀疑有多离谱，它都影响了，甚或左右了自己的整个人生。在此之前，他一直感觉自己是个相对自由、相对自主的人，即便他早已清楚，自己无法脱离普遍的社会影响。然而现在他感觉，另一个人的、欧斯蒙德森的意志在将他拖入一个个全新的境地，身处其中，他作出的反应都因束手束脚而荒谬不堪。

卡尔·朗格与世隔绝了两天。电话响了五次，比平时频繁得多。自然也可能是他母亲打来的。或者他某个孩子。或者别的什么人。卡尔·朗格想，是欧斯蒙德森。

他睡得很多，吃安眠药后昏昏欲睡。醒着的时候，特别是入睡前不久，他跟欧斯蒙德森对话。一开始主要是他占上风；他责备欧斯蒙德森夺去了自己的身份。渐渐的，欧斯蒙德森越来越有话语权，间或说一些让卡尔·朗格怒不可遏的话。有一次他说："您就是一坨狗屎，您就是一只毫无社会良知的臭虫。要是能碾碎您，我何乐而不为。"

第三天是周日，他给欧斯蒙德森打了电话，往家里打，他猜测欧斯蒙德森有空。确实有空，对方亲自接的电话。

"喂？"

"我是卡尔·朗格。"

一顿，然后：

"嗯?"

"我前几天不在家。"

"是吗?"

"我想知道有没有新情况，您试没试过联系我。"

"联系您?"

"您就告诉我吧！"

"慢点儿，朗格。这么说您以为，您不在家时给您打电话的是我?"

"什么意思?"

"您看，您把您自己跟我都看扁了。您说您去了哈灵格达尔?"

"我没……"

"得啦，朗格。我们是可以撒谎的，除了在法庭上，而且就算在法庭上被告也可以撒谎。不过您能不能明天再给我打电话，我正要出门。"

卡尔·朗格摔上话筒，一句没说，他不知该说什么。他被羞辱了、打发了，被人当猴耍了。这魔鬼，他暗暗地诅咒，这混账魔鬼。

他吃了两片安眠药。我该怎么办，后来他想。我会怎么样。

他在房间里飞快地来回转悠，转了半小时之久药效才上来。然后他坐下，平静些了，却不知所措。他从一开始就知道我在家，他从一开始就知道我在哪儿。他确实认为我就是犯人，即便他跟我谈过这么多话。

他站起来，继续兜圈子，想起门上的字条，把它拿下来，看不出来是否有人读过。"您说您去了哈灵格达尔?"

他又吃了一片药，想要睡觉，睡下去一了百了，尽管现在才是下午。他躺下，试图想出明天要对欧斯蒙德森说什么，可思绪逐渐模糊成一片迷雾，他抓不住。倦意如绵长沉重的波浪席卷过他，欧斯蒙德森的脸在浪中，他来了又消失，那张平和严肃的脸。

卡尔·朗格挣扎着想要醒来。在梦中他知道这是在做梦：他站在一条巨大的冰川上，面前就是一条狭长的裂缝，裂缝深不见底。他想跳进去，他已经找这条裂缝找了很久，进了这里他就可以永远消失。可突然间一道可怕的疑虑让他跳不下去：他记不得字条放哪儿了，字条上写着如果他出了事，邻居就是凶手，邻居时常威胁说要干掉他。没人会相信他，但就是那个人干的。他是这样写的，可现在他不清楚别人会不会发现这张字条，找不到的话这一切就都没意义了，面前的裂缝没意义了，他永远不会被人找到也没意义了。然而他挣扎着要从中醒来的、真正的梦魇是他止不住地冥思苦想，自己把那张字条怎么样了。

快中午了。梦境还渗透在他骨髓里，仿佛那不止是一个梦。
我不要打电话，他想。他在等着我打电话，所以我不打。
过了一阵子他想：可或许他想到我就是会这么想。
又过了一阵，他穿上了破旧的双排扣外套，戴上鸭舌帽，前往警察局。他心中什么都没准备好，连句完整的话都没有，连有逻辑的念头都没有。但他还是很快地去了。

他报上姓名，说了自己想见谁。他得等着。自然了，他想，这是他的策略嘛，今天我肯定要等得特别久。然而并没有这样；实际上，令他失望的是，几分钟之后他就被叫进去了。

他一直在耍我，他想，有那么一瞬间，他都在考虑干脆走人算了。

欧斯蒙德森坐在一张写字台后面。趾高气扬地，卡尔·朗格想。

"我就等着您来呢。"欧斯蒙德森说。

"自然了，您等的都是该等的，是不？"

"不，不巧不是这样的。"

"肯定是，肯定是。也正因此您并不认为我就是犯人。您从没这么想过。"

"如果我想过呢？我不会定然以为某嫌疑人肯定是犯人。有嫌疑的意思是符合某个框架。这个框架既可宽泛又可狭隘。"

"我符合这个框架，是因为您要我符合。"

"对此您起到了决定性的作用。"

"就因为某些您所谓的外貌特征。"

"不。我第一次去拜访您时，其实为的只是把您从名单上除去。可您一副知道自己有罪的样子，而且对犯罪行为明显无动于衷。在那之后，您为了把自己的嫌疑尽可能地搞大，都做了些什么，您自己知道。"

"我的所为都是情况所迫。"

"什么情况？要么您无罪，要么您有罪。"

"我就该这样说：为您所迫。"

"您肯定动摇得厉害。"

"您就不能只谈正事吗，"卡尔·朗格突然激动起来，"您就非得不断地突然换话题吗！"

"哦，正事已经够清楚了。不过我也可以给您讲得再清楚些。您说您被迫做了些奇怪的事，就比如最近这次，您假装自己去了哈灵格达尔。我只能告诉您，如果您被人牵着鼻子做出了这种事——尽管您说您是无辜的——原因只能是，您自己在动摇。我也可以把话说得再重些。我有这种感觉，那就是您判断不了您自己是谁。"

"真是一派胡言，真是……好啊，这会儿您说，我如此这般就动摇了，不知道自己是谁了！接下来就要说我神志不清，无法为自己行为负责了！"

卡尔·朗格站起来了；他感觉心中一股怒气压抑不住了，还来不及意识到自己在做什么，他就在写字台上弯下腰来，往欧斯蒙德森身上吐了口唾沫。尽管没吐到脸上去，也吐到胸前了。明白过来自己干了什么后，他震惊地往后退了两步。他张开嘴，却不知该说什么，该如何表达出自己火烧火燎的羞耻。

欧斯蒙德森坐着一动不动，就像冻住了似的。这时他掏出手绢，先把脸上的唾沫星子抹去，然后是毛衣上的痰渍。他盯着卡尔·朗格，表情怪异，几乎是心不在焉的样子。

"我……"卡尔·朗格说，说不下去了。

欧斯蒙德森什么都没说，只是让手绢掉到身边的地上。

"我失态了，"卡尔·朗格说，"请您原谅。"

欧斯蒙德森似动非动地点了下头。卡尔·朗格不知这该是什么意思。

"这种行为可能受处罚的，您自然清楚。"

卡尔·朗格没吱声；此举的这一面对他恰好是完全无所谓的。

"您坐下。"欧斯蒙德森说。

"我更愿意站着。"

"我更愿意您坐下。"

卡尔·朗格还是站着。

"呐，随您便，"欧斯蒙德森说，"您很幸运，这里没有证人在场。"

"我没打算否认此举。"

"好。"

欧斯蒙德森不说话了；出现了一段漫长的停顿。卡尔·朗格对自己不体面行径的羞耻逐渐减少了；他近乎傲慢地想，自己没服从欧斯蒙德森让自己坐下的要求。要是我没朝他吐痰，而是打了他该多好，他想。如果不是写字台挡道，我早扇他一巴掌了，我就吐了口唾沫，因为别的都做不了。

"怎么，就这样了？"欧斯蒙德森说。

"对，"他说，"就这样。"

他转过身走了，一开始还能忍住笑容。但往警察局外边走的时候，他露出了笑脸。当他走入外面灰蒙蒙的天色中时，他笑出来了，尽管是心里在笑，可几乎大笑出声了。我朝他吐唾沫了，他兴高采烈地想，早该这样了，在警察局里，我这辈子第一个应受处罚的行为，早该这样了，现在他再别想动我一根毫毛了。

然而这溢于言表的兴奋之情来了又去，短短几分钟后，彻底的胜利就根本不那么彻底了。而卡尔·朗格到家时，他感到一股可怕的空虚。他坐下，没脱外套，他感到陌生，无依无靠。现在结束了[1]，他想。就这样了。

---

1 亦指"精疲力尽了"。

托马斯·F对众生的最后几幅画像

棋

世界不是往昔的世界了。比方说，如今的生活要费时得多。我都八十多了，还没个够。我太健康了，尽管值得为之健康的东西，我已经没有了。谁没有为之生活的东西，谁就没有可以为之去死的东西。或许这就是原因吧。

好久以前的一天，那时我的腿还不算太无力，我去我哥哥家。此前我有三年多没见他了，可他还一直住在我上次去看他时他住的地方。"你还活着呀。"他说，尽管他比我大。我带了夹馅面包，他又递给我一杯水。"生活多艰难啊，"他说，"没法忍受。"我吃着，不应声。我不是为了讨论才过来的。就这样我吃完了，喝了水。他坐在那儿，盯着我头顶上方的某个点。如果我站起来，他又不移开视线的话，他就会直接注视我了。但他确实把目光移开了。我在这里，让他不舒服了。我想，他良心不安，至少不会很安。他写了足足二十部厚厚的小说，我就寥寥几本，而且都很薄。人说他写得相当好，但腐坏透顶。他写了很多关于爱情的，特别是肉体的爱情，也不知那都是怎么写出来的。

　　他仍然盯着我头顶上方，他大概觉得，肩负了二十部小说的厚重，他有权这样做，我则最好就此打住、打道回府算了，可我走了那么远的路，直接回去就有点儿蠢了，于是我问，他想不想下盘棋。"那要花好长时间，"他说，"我没那么多时间了。你应该早点儿过来的。"这一刻我是应该站起来离开的，他要的就是这样，可我太礼貌太谨慎了，这是我的一大弱点，我的弱点之一。"肯定一小时也花不了。"我说。"是，光下棋的话，"他回答说，"可之后的兴奋劲儿呢，或者怒气，如果我输了的话。这心脏啊，你知道，它跟过去已经没法比了。你的大概也没法比了吧，我琢磨着。"我没回话，我不想按照他的意愿讨论我的心脏。于是我回击道："看来你怕死啊。啊哈，啊哈。""胡说八道。只不过我毕生的事业还没完成。"他的说辞就是这么夸张，都能让人听了犯恶心。我之前把手杖放到了地上，这时弯下腰把它拿起来，我要让他少跟这儿给自己建神坛。"要是我们死了，我们至少不会再自我矛盾了。"我说，没指望他能明白我这话是什么意思。可他太高傲了，不会问我的。"我没想伤你心。"他说。"伤我心。"我挺大声地回应，我有点儿激动，情理之中，"我都朝我写的那点儿东西喝倒彩，也朝我没写的那点儿东西。"我站起来，接着对他做了一小段演讲："这世界每小时都要摆脱掉成千上万的蠢货。好好想想，自己算算，一天的时间能消磨掉多少现存的愚蠢。所有那些停运的大脑，都是因为它们里面就是愚蠢。就算这样还是用之不竭，蠢事源源不断，就因为有人把它们写进书里化成永恒了，所以蠢事生生不息，只要还有人在看小说，尤其是那些流传最广的小说，只要有人看愚蠢就会盛行。"接着我又加上一句，或许说得有些含糊，我得承认："所以我来你这儿，为的是跟你下盘棋。"他哑口无言地坐了好久，直到我都打算走了，他才说："这是一席没什么用的长篇大论。不过我会尽我所能利用它，我会用到它，我要让它从一个无知无识的人嘴里说出来。"

他就是这样，我哥哥。另外他当天就死了，我听到了他的遗言也不无可能，因为我没回话就走了，可能令他不喜。他自然要做最后发言的人，也做到了，可他或许还愿意再说几句的。一想起他当时那么激动，我就不由得想起，有个专门的词表达在性交时力竭而死。

毕竟，无论如何，我们还是兄弟。

卡　尔

我妻子还活着的时候，我想过，如果她死了，我就总算有更多的空间了。单是她的内衣，我想，就占了柜子的满满三抽屉，以后我就能往第一个抽屉里放我的铜币，往第二个里放火柴盒，第三个里放木头塞子。就现在这样子，当时我想，堆在一起乱七八糟的。

后来她死了，她活着时是个挑剔的人，可她终究给了我安宁，愿她安息。我把她的遗物从抽屉、架子和柜子里清出来，这样我得到了巨大的空间，比我需要的还要多。空了的就是空了。所以我拆了两个柜子。然而之后我干坐在一间更空的屋子里，而不是仅与两个空柜子面面相觑。这真是个极不明智之举，可刚才说了，那是好久以前的事了，我那时要年轻得多。

好了，草率地扩大了我房间的空旷后过了几周或者几个月，我的二儿子卡尔出其不意地看我来了。他想要一条他母亲的围巾，要把它送给妻子，作为自己童年的回忆。得知我把一切都扔了之后，他闹将起来。"你心中就没一件神圣的东西吗?"他叫道。这话是他说的，一个生意人，靠买卖过活的。我真想呛他一句，可还是算了，毕竟他这人之所以存在于世，我也负了一部分责任。"这围巾到底有什么特别的?"我还是好声好气地问他。"它是妈怀着我的时候织的。她特别喜欢这一条。""哦，明白了。它是跟你一起降世的。你大概是她最喜欢的儿子咯?""叫你猜对了。""哦，不是猜对。"我说，我逐渐没耐心跟他说话了，他跟她就跟一个模子刻出来的一样，他大概也和她一样，对存在的合理性认识不足。"行了，围巾没了，回不来了，"我说，"往这方面想想：人们拥有的永远只有失去的东西。"这种宣言自然很蠢，可我以为它应该合他的胃口。然而我错了，我一时忘了他始终是个生意人。他朝我坐的沙发迈了一步，仿佛在威胁我似的，然后对我吟诵了一篇指责我无情无义的、怒火中烧却索然无味的长篇独白。结尾时他说，有时候他都不信我是他父亲。"你母亲可是位值得尊敬的女人!"我说，可他没理解此话怎讲——我的孩子们为何都思维迟钝呢。"你用不着给我讲这个。"他说。这时他的脸已经相当红了，我心中突然闪过一个念头，他心脏可能不太好，毕竟他也都六十岁了，于是为了避免一场潜在悲剧的发生，我说，围巾的事我很抱歉，如果他早点儿过来的话，他母亲留下的所有东西他都可以带走。至今我仍觉得这话很温和，可他的脸色只是更红。"你这意思是，你把所有的都扔了?"他叫道。"都扔了。"我回答。"为什么呀?"我不想说为什么，我说："这你是永远不会明白的。""这还算人吗！""正好相反。我的所为是出自自由意志，而这几可称得上是唯一一样让我们具有特殊人性的东西。"这当然是我的诡辩，可他仿佛根本没听见我在说什么。"这一来我就跟这座房子再无关系了！"他喊道，他养成了大多数时候大喊大叫的习惯，就跟他妻子聋了似的，可我的听力是顶呱呱的，这偶尔恰好是种折磨，有些噪声比以前响得多，此外还多了些全新的噪声，风钻之类的东西发出来的，要是有点儿聋我是没意见的。"我听到你的话了，"我说，"可我从中得不出结论。"于是他终于走了，走得正是时候，不然我可能还是要失去耐心了，尽管我比过去更有耐心，可能是年龄的原因，老年人也须得忍受很多。

老 天 啊

有一年夏天，一个没下雨的日子，我起兴动一动，至少绕着住宅区散散步。这个念头让我活泛起来，一下子我的心情比许久以来好了些。外面这么暖和，我都想换上短裤了，可当我想找一条出来时，我想起来，前一年犯忧郁症时把它们统统扔了。但是短裤这念头一出来就挥之不去了，于是我把正穿着的这条长裤的裤腿剪下来了。人们再老也不会老到完全放弃希望。

许久不出门，去外面一趟可是出奇，尽管我自然还没问题。我得对此写点儿什么，我想，突然间我感觉自己勃起了，就在人行道正中，不过这没关系，因为我的裤兜又深又宽敞。

走到第一个转角时——花了不少时间，神气欣然愿往，可双腿衰弱无力——我断定，我还是不要绕整个住宅区走一圈了。既然现在是夏天了，我乐于见见绿意，就算只见棵树也好，于是我继续往前走。天气和暖，暖得一如我童年时期，我因为穿着短裤很高兴。性奋被我控制得很好，我感觉舒服。或许这听起来夸张了，可事实如此。

又往前走过了三栋房子后，我听见有人喊我的名字。尽管这声音苍老，我没有转身，叫托马斯的太多了。由此三次后我往声音传来的方向看，这一天这么不同寻常，什么都可能发生。确实，对面的人行道上站着老参议教师施托姆。"费利克斯！"我喊道，可我已经太久不发声了，喊不成声。车来车往，把我们二人隔开，我们谁也不敢穿过马路，高兴得命都不要，那也太蠢了，即使我的生命中已经很久没有欢乐了。我能做的唯一一件事就是挥挥手杖，多喊几遍他的名字。真是失望透顶，然而他看见我，喊了我的名字，也是种安慰了。"再见，费利克斯！"我喊道，往前走了。

不过过了很久，当我走到下一个路口时，他突然站在我面前了，看来我白纠结那份遗憾之情了。"托马斯，老朋友，"他说，"你到底躲哪儿去啦？"我不想回答，于是我说："世界很大啊，费利克斯。""一切都要么死了，要么快死了。""是啊，生命是有价的。""说得好啊，托马斯，说得好。"我觉得说得一点儿也不好，几乎为了值回他的赞扬，我说："只要我们还能糟蹋东西，就生生不息。""对呀，你说得对，恶无尽头。"听到这儿我开始自问他是不是老了，然后决定试试他。"恶不是问题所在，"我说，"无知才是，比方说骑着重机车的那些个年轻人。"他盯着我看了很久，然后说："我想，我不太明白你的意思。"我也不想取笑他，于是我多多少少有些轻描淡写地说："唉，恶是什么呢？"这下他自然答不上来了，他又不是神学家，我很快地加上一句："不过我们不说这个了——你最近如何？"但我明显让他心情不好了，因为他看着他的手表，看了很久，然后说："我越来越孤独了，见的人越多越孤独。"这番表述不太老练，不过我不动声色。"是啊，"我说，"确实没错。"我清楚，如果我不迅速告辞的话，他会抢在我之前，可我不够迅速，他已经抢到先手了："我得往前走了，托马斯，我家火上还烤着土豆呢。""当然了，土豆嘛。"我回答说。接着我向他伸手，说："好了，如果我们再不见面的话——"我这句话说到一半，这恰恰就是那些最好不要说完的句子中的一句。"好。"他说着握握我的手。"别了，费利克斯。""别了，托马斯。"

　　我转身往家走。我没看到绿意，然而老天啊，真是波澜起伏的一天。

咖啡馆的人

　　上次我夏天星期日坐在咖啡馆里时，有点儿糊涂了，因为几乎所有人都穿着长袖衬衫、不系领带地走来走去，我琢磨着：是不是其实根本不是周日啊？因为我就是这么想的，所以现在我还记得。当时我坐在客座正中的一张桌子前，周围好多吃蛋糕和丹麦夹心面包的人，大多是一人独坐一桌。他们都一副挺孤独的样子，由于我已经很久没跟人说过话了，我觉得跟随便一人至少说两句话也没什么不行。我思索了很久该怎么做，研究周围这些面孔的时间越长，就显得越困难，人人都一脸茫然，这个世界真是愈发令人沮丧了。可我总想，要是有个人来找我搭几句话就好了，这么个想法占据了我的头脑，于是我继续思索下去，别无他解。过了一会儿，我知道该怎么做了。我让自己的钱包滑落到地上，弄得跟这完全是场意外似的。它就掉到我的椅子旁边，四周桌子上的好多客人都能看得一清二楚，我也看到其中一两人朝它瞄了一眼。我以为，一位，或者两位客人会站起身来，把它帮我捡起来，看我毕竟是个老人嘛，要么至少对我喊几句话，比方说："您的钱包掉地上了。"人啊就是断不了念想，不然本可以省去多少失望啊。偷瞄并等待了好几分钟后，终于，我装出一副突然发现钱包在地上的样子，我不敢再等下去了，我怕某个瞄来瞄去的人直接跳起来，抓起钱包就夺门而出。谁也不会知道里面并没多少钱，有些老年人可不穷，简直富得很，这世界就是这样，嗯，年少或者年富力强时五抢六夺敛来些东西，年老时就有好日子过。

看来如今咖啡馆里的人就这样，我这回学到了，人生在世学无涯，不管学来的有什么用，学到死前那一刻。

玛 丽 亚

有一年秋天，我在钟表店门口的人行道上意外遇见了我女儿玛丽亚，她瘦了，不过我还是很容易就认出了她。我不记得当时我出去干什么了，不过肯定是些重要的事，因为那是楼道里的扶手坏了之后的事，我本来根本不出门了。无论如何我遇见她了，尽管我心里很清楚，一时间我还是想到：多神奇的偶然，我恰好今天出门。看到我，她似乎很高兴，因为她叫了爸爸，还拉住我的手。她曾是我最喜欢的孩子，她小时候总说我是世界上最好的爸爸，然后会给我唱些什么，尽管有点儿走调，那也是没办法的，她遗传了她妈妈。"玛丽亚，"我说，"真的是你，你看上去真不错。""是啊，我喝尿吃生食。"她回答说。我听了不禁笑出来，都好久不笑了，想想看，我女儿懂幽默，还是那种恶劣的幽默，这谁想得到呢，真是开心的一刻。然而我错了，人无论活多大岁数都会幻灭。我女儿拉长了一张脸，眼神仿佛要死了似的。"你在取笑我，"她说，"可你不懂。""我以为你刚说了尿。"我说，确实没错。"尿，对，我是个新人了。"我并不怀疑，逻辑通顺，谁要是喝尿，谁就不可能跟过去是同一个人。"好，好。"我好声好气地说，我想说些别的，也许说些好话，谁知道呢。这时我看见她戴了个戒指，于是说："据我看来，你结婚了。"她看了眼戒指。"哎呀，这个啊，"她说，"我戴着这个，就为了把那些纠缠不休的男人甩开。"这话肯定是句玩笑吧，我很快推演出来，她至少也得五十五岁了，模样也不怎么好看。于是我又笑出来了，好久以来的第二次，还是在人行道中间。"你笑什么。"她问。"我想，我渐渐老了吧，"我明白过来自己又错了一回，于是回答说。"看来如今人们就这么干。"对此她没说话，这一来我不清楚，不过我非常希望自己女儿不是个特别有代表性的人。我怎么只有这种孩子。为什么呢。

　　一时间我们没有说话，我想，是时候道别了，不期而遇的会面不该持续太久，可这时她问我身体是否还好。我不知道她这话什么意思，不过我据实回答，唯一让我担心的就是我的腿。"两条腿跟我分道扬镳了，步子越来越短，我快动弹不得了。"我不知道为什么就自己的腿说了这么多，不过事实证明这是个不智之举。"肯定是年纪的原因。"她说。"当然是年纪的原因，"我说，"不然呢。""不过你也不用再跑这儿跑那儿了。""是吗，"我说，"你这么看吗。"她丝毫没意识到我的讽刺，也情有可原，而且她生气了，但不是生自己的气，她说："我说的什么都是反话。"这我就接不上来了，不然我该说什么呢，于是我没说话，而是故意毫无意义地晃了晃脑袋，这世界上传递的话语太多了，说得多，就不知道最后会冒出什么话。

"不，有一天我也会老的，"我女儿在一段虽短暂却也足够长的停顿后说，"我还得去一家草药店，不然它就关门了。以后联系。"她伸手给我。"再见，玛丽亚。"我说。接着她走了。我女儿就是这样。我知道，一切都自有其内在逻辑，即便这逻辑不是每次都简明易懂。

M 太 太

知道我的存在的人为数不多，其中之一是街角店里的M太太。每周她给我送两次生活必需品，她可不愿劳累过度。我很少见到她，她有一把房门钥匙，总是把东西放在门后面，这样最好不过，就这样我们互不干涉，保持着一种平和、甚至几可称之为友好的关系。

然而有一次听见钥匙响时，我不得不喊她。我摔倒了，撞伤了膝盖，没法自己走到沙发旁。幸好这一天是她过来的日子，我在地上躺了还不到四个钟头。就这样我喊了她。她打算立刻找位医生过来，本意是好的——只有最近的亲属会抱着恶意找医生来，那是他们想摆脱掉老人的时候。有关有去无回的医院和养老院的，必须解释的我都说给她听了，于是这位妇人心生怜悯，给我敷上了湿布。接着她给我切了三个夹心面包，把它们跟一个水瓶一起放在我床头的桌子上。最后，她还给我拿了个旧牛奶罐，是她从厨房里找出来的，"万一您内急呢。"她是这么表达的。

然后她走了。到了晚上，我吃了一块面包，吃着吃着她来了，是来看我的。这真是万万没想到，得承认我心潮澎湃，我说："您人真好啊。""行啦行啦。"她回答说，给我换了敷布。"会好起来的，"她说，然后又道，"这么说您不想进养老院。对了，您得知道，如今那不叫养老院了，叫老年公寓。"这让我们二人都会心地笑了出来，气氛高昂得完全忘乎所以，遇见有幽默感的人是莫大之喜。

腿困扰了我差不多一周的时间，她每天都过来照顾我。最后一天我说："现在我没事了，多亏了您。""别这么郑重，"她打断我的话，"这一切都是该怎样就怎样。"我得承认她说得对，不过我坚称，没有她我的生活可能要面临一个不幸的转折。"哦，您什么都能应付，"她说，"您是个坚强的人。我父亲，他也差不多这样，这些事我懂的。"尽管我认为她这结论的基础太过单薄，毕竟她又不了解我，不过我不想批评她，于是我只说："恐怕您对我评价太高了。""什么啊，"她应道，"您应该认识认识他，真是个特别独立、特别不好接触的人。"她说得坚信不疑，不得不承认这话打动了我，我真想开心地笑出来，但仍然一脸严肃地说："啊哈。您父亲也活到这把吓人的岁数吗？""是啊，活了好大好大一把年纪。他总是轻蔑地谈起生活，但是为了不放弃生命比他更拼的人，我还没见过。"对此我可以毫无顾虑地微笑了，轻松多了，我甚至稍稍笑出声来，她也一样。"就是这样。"她说，接着她一时兴起就问，能不能给我看看手相。我伸给她一只手，不记得伸的是那只了，不过她要的是另一只。她仔细研读，观察了一会儿，然后露出笑容，说："我就猜是这样嘛，您早该死了。"

停 靠 点

几个月以前，新房东过来看我。他按了三次门铃我才走到门口，而且我已经尽可能快走了。我不知道来的是他。绝少有人来这里，基本上就只有某些教派代表过来探问我是否知道耶稣也是为我而死的。我觉得这些人挺有意思，不过我不让他们进屋，相信永生的人有时不能为自己行为负责，谁也不知道他们灵光一现想起来什么。不过这次看来是房东来了。差不多整一年以前，我写信告知他楼道里的栏杆坏了，我想他是为此事而来，因此我让他进屋了。他往四周看了看。"您跟这儿住得不错。"他说，显然意有所指，于是我立刻明白，我得留神了。"楼梯栏杆坏了。"我说。"是是，我看见了，您弄的？""不是，怎么是我？""您大概是唯一一个扶栏杆的，这单元里住的其他都是年轻人，它大概也不可能自己就坏了。"显然是个不好相处的人，我也不想跟他展开讨论，讲东西怎么坏的，为什么坏，于是我相当生硬地说："您说怎样就怎样，不过我要用这栏杆，我有这个权利。"他对此不置一词，而是说，下个月开始要涨房租，涨百分之二十。"又来了，"我说，"一下子就百分之二十，这太多了。""还应该更多的，"他说，"我这栋房子在亏，我在亏钱。"我有好久，或许有三十年之久，不跟那些抱怨自己很容易脱手的东西亏钱的人谈经济问题了，所以我什么也没说。不过他不用人评论，自己就能说下去，他是那种自给自足的永动机类型。为手里其它房子他也一一哀叹了一番，看来那些也在大亏特亏，听起来简直是人间悲剧，他显然是位贫穷的资本家。不过我什么都没说，总算这番悲叹说完了，真该结束了。然而，听似无缘无故地，他问我信不信上帝。我险些问他指哪位上帝，却还是简单摇了摇头。"可您必须得信哪。"他说，看来我还是把那些人中的一位请屋里来了。说到底我不怎么吃惊，资产甚多的人信上帝，也是常事。然而我不想让他就这个新话题发表一通又臭又长的评论，传福音来的被我一概请出门去了，我不让他说下去。"房租涨两成是吧，"我说，"您想告诉我的就是这个，您是为这个来的。"我的抗拒让他多多少少有些吃惊，他的嘴张开又闭上，翕动了两次，却没发出一点声音，我想，这对于他来说有点不同寻常。"此外我希望，您会记得维修栏杆。"我又说。他涨红了脸。"栏杆，栏杆，"他不耐烦地说，"您老说那栏杆。"我觉得这话就寡廉鲜耻了，而且我渐渐发怒了。"您不懂是怎的，"我说，"某些情况下，那栏杆就是我生命中的停靠点。"话一出口我就后悔了，精准的表述应该留给会思考的人，否则得不来好。这次也一样。我不想重述他说的话，不过那主要是关于天国的。最后他说，一脚进棺材了，这说的是我，于是我发火了。"别拿您那些金钱问题烦我了。"我说，因为实际上这一切都是围着这问题转的，看他还不立马走人，我也不收着，把手杖重重地在地上杵了一下。于是他走了。这下轻松了，我感觉快乐自由了几分钟之久，现在还记得我对自己说，在心里说出这句不言而喻的话："别放弃，托马斯，别放弃。"

一场公众暴乱

我读东西或者解棋局的时候，总是坐在窗口往外面看。天晓得会不会发生些值得观看的事情，尽管那基本不太可能，上一次还是三四年前。但即便是平凡事物也能给人某种消遣，而且窗户外面至少总有些会动的东西，这屋里则只有我和钟表指针。

不过，三四年之前，我观看到了些特别的，那是我见过的最后一件值得注意的事，虽说如上所述，我并不会冷漠对待平凡事物，比方说那些互殴的人，彼此又打又踹的，或者有些人摔倒在人行道上躺着不起来，因为他们吃得太饱或者病得太重，回不了家——如果他们确实有个家的话，这世界上的家实在太少了。

然而那次我看到的不是这些。那肯定是复活节或者圣灵降临节的时候，因为不是冬天，而且我还记得，当时我想，这么一件事怎么看都得跟某件宗教盛事有关。

当时我透过窗户望着一条支路，这条路不太长，我一眼就能看到它的尽头，我眼睛不错。

我坐在那儿，观察着两只在窗框上交尾的苍蝇——这么说那肯定是圣灵降临节的事——这是个小小的消遣，虽然它俩实际上一动不动。这一幕并不让我激动，不像我年轻的时候，这些我现在还记得，是啊，我还记得清楚。

好了，我观察着这两只苍蝇，刚才我小心翼翼地抓住了母苍蝇的一只翅膀，然后是公苍蝇的一只，它们似乎没注意到，这让我感觉它俩做得异常投入，公的那只在母的身上最少坐了十分钟，我没夸张，我这辈子本应该多花些精力研究昆虫学的，尽管，不知何故——这时我瞥见路上很远的地方有个男人举止极为显眼。他一条胳膊颤颤巍巍地晃着，还在喊什么，一开始我没听懂。另外，他显然是个井井有条的人，脑子里是根深蒂固的空间秩序观念，因为他从路右侧的第一扇窗走——或者更确切点——奔向左侧第一扇，再去右边第二扇，从那儿又去左侧第二扇，这样来回，而且他敲打每扇窗户，喊什么话。这很不同寻常，我打开窗户，那时候窗户折页还没坏，于是我听到他喊的是："耶稣到来了！"然而不是，他喊的不是这个，在我耳里听起来像是"我到来了"，他奔近了些时，我确定他喊的就是这个："耶稣到来了。我到来了。"他毫不间断地从路一边赶到另一边，敲打窗户，这一幕很感人，宗教狂热总有些感人的地方。

第一个人的回应既惊人又得当：大约路中央四层楼上的一扇窗里朝他扔下来一条凳子。没碰到他，但愿也没打算碰到他，凳子当然摔碎在石子路面上。这番功夫完全白费了，那个男人喊得更响了，或许他需要的正是这个，好证明他的使命事关重大。

下一个人的回应与第一个类似，却没那么暴力，而且不无少许诙谐之意。一扇窗户砰地推开,一个愤怒得尖声尖气的嗓音吼道:"老兄,您神经病吧!"直到这时我才明白过来,路上那人可能实在危险,他能唤醒一些同胞身上的潜在倾向,于是我想:就没有哪个腿脚伶俐、头脑清醒的人,下去终了这场闹剧吗?此时各扇窗前已经露出不少脑袋来,然而疯子还在下面一个人狂呼乱叫。

要承认我看得入迷,即便逐渐是被这幅街景而不是被这一幕的主角所吸引。现在人们自己也喧哗起来,大家又是笑又是互相喊话,我还从未见证过这等自发的社交行为,邻近那栋房子里甚至有人对我喊了什么话。我只听懂了最后一个词,"渎神",我自然没回话。如果他喊的是些理智的话,比如"医院"什么的,我们就已经可以,谁知道呢,一窗接一窗地联系起来,以后见面问好什么的。然而一个成年男子,岁数大得足以当我过世已久的老婆的儿子,却说不出来比"渎神"更理智的话,我丝毫没动跟这么个人成为相识的念头,我还没到那么孤单的地步。

够了。刚说了,我对簇拥在各扇窗前的生动人群看入了迷,这一幕让我想起了自己的童年,那时候年老大概比现在好,我想,那时候老了不那么孤独,特别是因为人们都在更合适的时候死去了——这时一个男人从一扇房门中出来。这人一路狂奔,冲疯子而去。他从身后抓住疯子,把他扭回身来,一拳重重地打在他脸上,打得疯子朝一旁跟跄了几步,摔倒在地。一时间整条路上鸦雀无声,仿佛所有人都屏住了呼吸。随后喧嚣声再起,不过这次的怒火是针对打人者的。就这样,没过多久,人们从一扇扇房门中出来,这通暴乱的始作俑者一声不吭地坐在几米开外的道路上,一副不知所措的样子,另一方面一场激烈的争论已经展开,争论的细节让人听不出所以然来，不过显然，攻击者有人支持，因为两个少年突然间吵得面红耳赤。唉，今天理性的太阳未能升起。

这段时间里，疯子已经站了起来，少年们或许为了他、或许为了完全无关的原因互殴的时候，几个旁观者试图介入其中，他则倒退着走开了，直走到离我最近的那个街角，转过身撒腿就跑，这下事情轻松了，而且我得承认，他挺能跑的。

道上的一群人注意到那个人跑了之后，平静慢慢降临，窗户一扇接一扇地关上了。我也关了自己的窗，这天并不暖和。世界上充斥着愚昧和混乱，禁锢精神根植各处，恃强横行，看样子就是这样。我们过得这么好，得满意了，人们这么说，大多数人越过越差。然后呢，他们吃一片安眠药。或者治抑郁症的药。或者结束生命的药。到底何时才会出现一个理解平等的意义的新种族，那是一个花匠和伐林人的种族，会砍倒大树，因为它们遮住了不那么高大的树木，会除去认知之树野蛮膨胀的新枝。[1]

在理发店

我有好多年不去理发店了，最近的那家店离这儿有五个住宅区，对我来说实在太远了，即便是楼梯扶手还完好的时候。不过我头发很少，可以自己剪，我就是自己剪的，我希望朝镜子里看的时候不会太过沮丧，

---

1 "新枝"一词（Trieb）又有"欲望、天性"的意义。

长鼻毛我也会揪下来。

然而有一次，不到一年之前，我出于一个在此不愿细说的理由感到出奇的孤独，那时我突然冒出个主意：我可以让人给我理发啊，虽然头发其实还够短。我甚至试图劝说自己打消这个计划，太远了，我对自己说，你这两条腿走不到的，一去至少要花三刻钟，回来又是那么久。然而无济于事。那又怎样，我回答道，我时间充裕，时间是我唯一一样充裕到有余的东西了。

就这样我穿好衣服出门。之前没夸张，花了很久，我还从没听说过走得跟我一样慢的人，这是种煎熬，我宁愿又聋又哑，毕竟能听得见又有什么好处，说话又是为了什么，谁认真听我说呢，还有什么需要说的呢？好吧，有，有一些需要说的，可谁会认真听呢？

总算抵达目的地。我开门进去。哦，这世界变了。屋里面什么都不一样了，只有理发师还是过去那个。我打了招呼，可他没认出我来。挺让我失望的，不过我自然装作这不值一提的样子。每把椅子都被占着。三位顾客正在让人给剃须或者理发，四位在等着，没有空椅子。我太累了，可谁也没站起来，等着的人都太年轻了，他们不知道衰老的意义。于是我走向窗户，往外面看，假装自己就想这样，以免让人家难受。我可以忍受别人的礼貌，不过他们的同情还是留给动物吧。我见过太多次——好吧，那是一段时间前了，可难道这世界变得更有人味儿了？——我见过太多次年轻人一声不吭地踩过无助地躺在人行道上的人，然而他们刚瞥见只受伤的猫狗，心中就泛起怜悯之情。"可怜的小狗狗，"他们说，或者："上帝啊，小猫咪，你这是怎么啦？"哦，动物之友可多啦!

幸好我只需要站五分钟，能坐下来真是个解脱。可谁也不说话。过去在理发店里，大到广袤世界，小到鸡毛蒜皮，话音中万物森然，如今一切都在沉默，我白白费劲过来了，大家愿意谈论的世界已经没有了。就这样过了一会儿，我站起来走了。没意思。我的头发够短了。这样我还把这笔钱省了，那肯定不是个小数目。接着我又走了回家所需的几千步。哦，世界变了，我想。沉默猖獗开来。死亡的时刻到了。

托 马 斯

我逐渐活到了老得吓人的岁数。很快，写字对我来说将变得跟走路一样困难。我写得特别慢。每天几句话，再多就写不了了。几天前我还晕过去一次。现在大概快活到头了吧。当时我正坐着看一盘棋。突然间我感到一阵无力。仿佛生命就要流失掉似的。并不很坏，但稍稍不太舒服。接着我大概失去了意识，因为回过神时，我的脑袋躺在棋盘上，王也好卒也好都倒了。我就想这样死去。希望没有痛苦地死，或许是奢求。如果我病倒了，疼痛难忍，感到病痛再不会消散了，那样的话，如果身边有个朋友帮助我走进虚无就好了。尽管法律实际上是禁止这样的。可惜法律过于保守。于是就连医生都要延长我们的痛苦，虽然他们知道没希望了。这还被称为医疗伦理。奇怪的是，没人觉得这好笑。忍受痛苦的人一般不笑。这个世界是无情的。据说，苏联肃反时期的死刑犯被处决时后脑勺上会挨一枪，这是在回牢房的路上。没有预先警告，突然发生。我觉着，那是这重重苦难中的一丝人性。然而这个世界叫嚷起来：他们怎样也得获准面对面看着处刑人死啊。具有宗教基础的人本主义并不少了一丝恶意，哎呀，人本主义本身也一样。

好啦，我清醒过来，脸在棋子之间。此外几乎跟平时睡了一觉醒过来时一样。我有点儿糊涂，想不起来比重新摆好棋子更值得做的。不过我没法再集中精神解棋局了。我刚想坐到窗口，门铃响了。我不去开门，我想。肯定不过又是一个虔诚信徒，打算劝我相信永生。近来有好多这样的人。迷信思想似乎在欣欣向荣。可接着门铃又响了一次，我开始怀疑了。那些人一般就按一次。于是我喊"等一下"，过去开门。花了一些工夫。外面是个男孩子。他为了本地小学的吹奏乐队做有奖义卖。奖品对于老年人来说是种无心的嘲讽，都是自行车、背包、球鞋之类的。不过我不想显得冷淡。于是我买了一注，尽管我不喜欢吹奏乐。可钱包在屋里柜子抽屉里，所以我得请这孩子进屋。不然他得等很久。他跟着我进屋了。他可能还没走得这么慢过。我想给他打发些时间，就问他吹的是什么乐器。"没有，我不知道。"他说。我觉得这回答挺怪，不过我猜他就是不好意思说。我都能当他曾祖父了。或许我就是他曾祖父呢。我知道孙子们有好多孩子，不过我一个也不认识。"您的腿很疼吗？"他问。"不疼，不疼，它们就是太老了。"我回答说。"这样啊，好吧。"他说，明显轻松了。说着我们走到柜子跟前了，钱也给了他。这时我突然多愁善感起来。我觉得，光卖一注彩票耽误他太长时间了。于是我又买了一注。"您不用这样。"他说。就在这一刻我头晕得厉害。房间开始摇晃。我必须扶住柜子，打开的钱包掉到了地上。"椅子。"我说。我坐着，男孩则一枚枚捡起散在地上的硬币。"谢谢你，孩子。"我说。"不用谢。"他说。他把钱包放在柜子上，严肃地注视着我，问："您从来出不了门吗？"这下我明白了，有可能我确实再也出不了门了。我不能冒在大马路上晕倒的风险。那样就意味着进医院或疗养院。"现在不出门了。"我回答说。"哦。"他说，他说话的语气让我再次伤感起来。我变成老白痴了。"你叫什么名字？"我问，他的回答更是火上浇油。"托马斯。"我自然不想说，我也叫这个名字，但这一来一种奇特的、近乎庄严的情绪油然而生。好吧，或许也没那么奇特。我的丧钟敲响了，多少是这样吧。蓦然间我有了个想法，要送这个男孩点儿东西，让他以后记住我。好啦，好啦，我就是相当反常嘛。于是我说让他把书架上那个猫头鹰雕像拿下来。"我把它送给你了，"我说，"它比我岁数还大呢。""这不行啊，"他说，"为什么呢？""就拿着吧，孩子，没关系的。多谢你的帮助。有劳你走的时候带上门。""多谢您。"我向他点点头。然后他走了。他看上去挺高兴，不过也可能只是装的。

在那之后我晕过好多次。不过我精心安排过几把椅子的位置。这一来屋子显得相当乱，仿佛几乎没人住的样子。可我还住在这儿。住着等着。

遥远的荒地

别人扶我上了封顶的阳台。我妹妹松雅往我腿底下放了个软垫,我几乎不觉得疼了。这是个炎热的八月天,我妻子刚刚下葬,我躺在阴影里,仰望着靛蓝色的天空。我不习惯这么强的光,松雅过来看我时,我流泪了。可别让她误会,我请她给我拿副墨镜。她去拿了。就我们两人,别人都去参加葬礼了。她回来给我戴上墨镜。我噘起嘴作势要吻她。她微微笑了。我想:要是她知道就好了。这副墨镜特别黑,让我可以欣赏她的身体而不让她意识到。她走了之后,我又望向天空。我听见从很远的地方传来敲锤子的声音,这声音让人平静,我不喜欢一片寂静。有次我把这话跟我妻子海伦说了,她听了说,都是因为我的负罪感太重了。这类事情就是不能跟她说,她一听就会对人家刨根问底。

我已经在这儿躺了很长时间,锤子声早就停了,这时我周围突然暗了很多,来不及意识到这是一片云彩和深色墨镜共同作用的结果,我被一阵不可名状的恐惧攫住。这恐惧转瞬即逝,可还留了一些在我身体里,那是一种空虚或者被人抛弃的感觉,不久后松雅过来看我时,我请她给我片药。她说时候还太早。我坚持要药,她摘下了我的墨镜。别动,我说。我闭上眼睛。她把眼镜重新给我戴上。这么疼吗？她问。对，我说。她走了，然后马上又回来，拿来了药片和一杯水。她扶着我没受伤的那边肩膀，把药片送进我嘴里，把水杯端到我嘴边。我能嗅得到她身上的气味。

之后没多久，我母亲、我两个兄弟和其中之一的妻子从葬礼回家来了。又过了一会儿，海伦的父亲、她两个姐妹和一位我不怎么认识的姑妈也来了。所有人都过来跟我说几句话。药效开始出来了，我躺着、藏在深色墨镜后，感觉自己像个国王。我发现自己不需要说什么冠冕堂皇的话，人人都觉得我当然是悲伤的，他们可不会知道，我心中无动于衷得很。当海伦的父亲过来跟我说话时，我带着一种类似满足的感觉想，既然海伦死了，他也不再是我岳父了，海伦的姐妹也不是我的大姨子小姨子了。

晚些时候，我弟弟的妻子和海伦的姐妹铺起楼下阳台前花园里的大桌子，她们每次进客厅走过我身边时，都会对我微笑着点点头，尽管我装作没看见她们。后来我肯定是打瞌睡了，因为我的下一个记忆是花园里的嗡嗡话音，我看得见他们的脑袋，九个脑袋，几乎一动不动。这一幕很和谐，桦树荫下的九个脑袋，还有花园桌子另一端冲着我的那张脸：松雅。片刻后，我抬起一只胳膊，好让她注意到我，可她没看见。没多会儿我弟弟站起来，登上阳台。我闭上眼睛，装作睡觉的样子。我听到他走过我身边时站定了一会儿，我想：我们真是无依无靠了。

不知何时，大家从饭桌上站起来了，松雅和母亲之外的所有人都在准备离开，这段时间里我一直闭着眼睛躺着，假装在睡觉。后来母亲从客厅出来，走到我身边。我朝她笑了笑，她问我饿不饿。我说不饿。你疼吗？她问。不疼，我说。心里边，我的意思是，她说。不疼，我说。好，好，她说，抻抻我身上的被单，尽管没什么好抻的。你宁愿回家去吗？我问。为什么呢？她说，你不想要我在这儿吗？想的，我说，我只是以为你或许想爸爸了。她没应声。她走到沙发座前坐下。恰在这时松雅来了。我摘下墨镜。她手里拿着一杯葡萄酒，把它递给母亲。我也想要一杯，我说。吃了药不要喝，她说。给我吧，我说。那就只有一杯，她说。她走了。母亲向花园望去，手里拿着酒杯。所有这些都是你的吗？她问。对，我说，是共同财产。以后会空旷得多，她说。我没回应，我不确定她这话的用意。松雅拿着两个杯子又出来了，其中一个放到母亲身边的茶几上。她把另一杯递给我，托着我肩膀下面，把杯子送到我唇边。她站着，腰弯得比上次低，我能隐约看见她的乳房。她拿开杯子时，我们的目光相遇，我不确定，或许她看见了一些迄今未曾留意的东西，因为有种神色从她眼睛里闪过，类似愤怒的神色。随后她微微笑了，坐到母亲旁边。干杯，妈妈，她说。好，母亲说。她们喝酒。我重新戴上墨镜。我们谁也没说话。我觉得此时的沉默不好，想说些话，却不知该说什么。这里一只鸟都没有，松雅说。我们那儿也没有，母亲说。只有海鸥。过去还有燕子，好多燕子，不过那是过去的事了。多可惜呀，松雅说。什么原因呢？那就没人知道了，母亲说。然后她们一时间不再开口。现在我们就看不出是要下雨还是一直晴天了，母亲说。但你们可以听天气预报呀，松雅说。那不靠谱，母亲说。南方的燕子飞得一直很低，就算不下雨也一样，松雅说。那可能是另一种燕子，母亲

82

说。不是，松雅说，是同一种。奇怪，母亲说。松雅不再说话了，喝起酒来。松雅说的对吗？母亲问。对，我说。活见鬼啊，你就从来都不相信我说的话，松雅说。在今天这样一个日子你是不该诅咒的，母亲说。松雅喝完酒，站起来。好吧，她说，那我等到明天。呸，真坏，母亲说。但我小时候那么可爱呢，松雅说。她走到我身边，又喂了我一口酒。她把我的脑袋抬得不够高，一点儿酒水从我嘴角流出，滑过下巴。她用被单的一角不甚轻柔地给我擦干净，她的嘴唇发炎了。接着她进了客厅。她要干吗？母亲问。她是成年人了，妈，我说，她不想受人批评。我好歹也是她妈呀，她说。我没回话。我就是要她好而已，她说。我没回话。她哭了起来。怎么回事，妈？我问。什么都变了，她说，什么都变得这么……陌生。松雅又出来了。我去转一圈儿，她说。我想，她看见母亲哭了，不过我也不确定。她走了。她多漂亮啊，我说。那又有什么用，母亲说。好啦，妈，我说。哦，她说，过不了多久我就要不知所云了。你想家了的话，我说，现在松雅也在这儿啊。她又哭了起来，这次声音更响，更不加收敛。我让她哭了一会儿，等我觉得哭得够久了就说：你哭什么呀？她不回答。我发起怒来，我想：你号什么号，混账。这时她说：你爸有别人了。有别人？我问。我爸？我本来不想说这个的，她说，好像你自己的伤心事还不够似的。我没有伤心事，我说。行了，瞧你说的，她说。我没说话。我躺着，想那个瘦小的男人，我父亲，六十三岁了——这样一个男人，除了为生我和我妹妹所必要的那点儿，我从不相信他能有更多的性欲。一瞬间我看见他在眼前，赤条条地在一个女人的双腿之间，于是我感到一阵令人头皮发紧的不适。母亲把空杯子端进屋去了，却没有马上回来，我很清楚，她想谈谈。她背对着我，望着花园。那你现在要怎么办？我问。我能怎么办，她说，他说我可以想怎样就怎样，所以我什么都做不了。你可以留在这儿，我说。从她的身形我看得出她又哭了，她走下台阶。或许是为了不让我看到。她大概眼中有泪，踩空了，失了平衡向前跌去，我看不到她了。我喊她，她不吱声，我又喊了好几次。我试着直起身子，却没有可以扶着的东西。我翻到一边，把一条打着石膏的腿抬到躺椅沿上。我撑在双肘上，将自己撑成坐着的姿势。于是我看到她了。她趴着，脸埋在石子地上。我把另一条腿挪出躺椅，这条腿也打着石膏。肩膀和一条胳膊都在疼。打着石膏的双腿没法站，于是我让自己滑到地上。我匍匐着爬向台阶，也做不了什么，可不能就让她趴在那儿。我慢慢爬下台阶，想把她翻过来，可做不到。我把手伸到她额头底下，是湿的，石子划着我的手背。我没力气了，在她身边躺下。这时她动弹了一下。妈，我说。她不应声。妈，我说。她呻吟起来，向我转过脸，她在流血，一脸震惊。哪里疼？我问。不是吧！她说。好好趴着，我说，可她翻过来，仰脸朝天，又坐起身来。她望着自己流血的膝盖，开始把小石块从伤口中抠出来。不是吧，不是吧，这怎么可能……你晕过去了，我说。是啊，她说，眼前突然一片黑。说完她转过身盯着我。威廉！她说，你这是做什么！孩子呀，你这是做什么！嘘，嘘，我说。躺着会疼，靠着没受伤的那条胳膊，我爬到草坪上。之后我仰面躺下，闭上眼睛。肩膀很疼，仿佛断骨重新裂开了似的。母亲说了些什么，我没力气回话。我感觉自己把能做的都做了。我听到她站起来。我不想睁开眼睛。她在抱怨。过来坐到草地上，我说。

那你呢？她问。没事儿，我说，过来，坐这儿来，松雅肯定马上就回来了。我注视着她。她几乎走不了路，小心翼翼地在我身边坐下。我看我得躺一小会儿，她说。我们躺在阳光下，很暖和。你可不准睡着了，我说。不会的，我知道，她说。之后我们有一段时间不再说话。你爸的事别跟松雅说，她说。为什么不能讲？我问她。太丢人了，她说。丢你的人？我问，虽然我知道她就是这个意思。是啊，她说。被一个你相信了四十年的人背叛。他会回来的，我说。他回来的时候，她说，就是另一个人了。他还会再去找另一个。不会的，我说，别的就说不出来了。松雅站在阳台门口。她喊我的名字。我闭上眼睛，没力气了，我要别人帮我。妈！她换了个人喊。我听见她来到我身边时，睁开眼睛，向她微笑，接着又闭上眼睛。母亲解释发生了什么。我什么都没说，我就要无助地被人托付给松雅。她拿来了垫子，把它们放到我脑袋和肩膀底下，我则请她给我片约。她走了很久，或许去叫救护车了，不过她从屋里出来时并没说这些。她把药给我，问我觉得如何。还好，我说，此话没错，虽然我希望她不要相信。其实肩膀在疼，不过我没事。她盯着我看了很久，然后登上阳台，把躺椅搬过来，却不是给我的，是给母亲的。我思考了一下，觉得这没问题，同时我想，她原本大可以问问我要不要躺椅，这样我就有机会拒绝她的好意。母亲抗议了，她觉得应该给我躺。不行，松雅说，是给你躺的。我没说话，心里想：我确实跟松雅说了自己还好，是这个原因。松雅扶母亲上躺椅，接着进屋去了。我感觉草地还是硬得不舒服，不知道松雅要我在这儿躺多久，我也不晓得她之前给医院打电话了。很安静，我听到一辆车在房子前停下，门铃响了。过了一会儿，松雅和两个穿白大褂的男人穿过阳台走下来。他们直奔母亲而来。其中一个男人跟她说话，另一个转过身，盯着我的双腿。这有多久了？他指着石膏问。有一周了，我说。从屋顶摔下来了？开车出了事故，我说。我转过脸去。非得这样吗，母亲说。对，妈，松雅说。跟我说话的那个男人去拿了副担架，另一人走到我跟前问我感觉如何。挺好，我说。松雅肯定提过我肩膀的事了，因为他向我俯下身，轻轻按了下我的肩。他的助手拿着担架过来，他们把我搬上去。他们抬着我上了台阶，走进卧室。松雅走在前头，给他们带路。他们把我放到床上，然后走了，松雅也是。过了些时候她回来了。我开车带妈去医院，她说。嗯，好，我说。你需要什么吗？她问。不需要，我说。她走了。我其实不该这么生硬的，本来是不该的，我清楚，母亲有时也需要她。

后来房子里一片寂静。我的双眼自己就闭上了，我望向那遥远的荒地，那派景色让人心痛，太遥远太荒芜，不知怎的，它既在我心中又在我之外。我睁开眼睛，让它得以消散，然而我太疲惫，眼睛又闭上了。或许是药片的原因。我不害怕，我大声说，只为了说些话。我说了好多次，然后什么都不记得了。

半明半暗间，我醒了过来。窗帘被拉上了，闹钟显示着四点半。卧室的门虚掩着，门缝中泻下一束光。床头柜上有一杯水，水盆用我那只没受伤的手可以够到。我没有叫醒松雅的借口。我打开台灯，读《梅格雷和年轻的死者》[1]，那是松雅带过来的。过了一会儿，我饿了，可是现在

---

1 比利时小说家乔治·西墨农于1954年发表的侦探小说。

叫松雅来太早了。我接着读。闹钟显示六点半时，我逐渐忍不住了，也有些生气。我觉得松雅不太关心我，都没给我做几个夹心面包，她本来应该清楚的，我夜里可能会醒来。我侧着耳朵听响动，可房子里寂静无声。我看到松雅就在眼前，身体中升腾起另一种饥渴。我眼中的她比现实中任何时候都清晰，我小心翼翼地不让这幅景象消失。就这样我躺了很久，直到闹钟响。我拿起那本书，却没有继续读。我等着。最后我喊她。她来了。她穿着一件粉红色的浴袍。我手中拿书的动作为的是让她看出来，我早就醒了，在床上躺着。我听到你的闹钟响了，我说。你睡得那么熟，她说，我不想叫醒你。你疼吗？肩膀疼，我说。要我拿药片吗？她问。有劳你了，我说。她走了，光着脚，脚跟不沾地。我把书放到床头柜上。她拿来了药片和一杯水。她撑着我另一侧肩膀下边，扶我起来。我看得到她一边的乳房。接着我请她在我肩膀下再放一个垫子。你多美啊，我说。这下躺得舒服些了？她问。对，我说。早餐马上就好，她说，我先去穿衣服。不用的，我说。你不饿吗？她问。饿，我说。她盯着我。我没能读懂她的目光。然后她走了，很久都没回来。

她端早餐来时，穿得整整齐齐。宽大上衣的扣子一直系到脖子上。她说要我试试坐起来，又拿了几个垫子来放到我背后。她变了。她尽量不看我。她把放面包和咖啡的托盘放到我面前的被子上。有事喊我，说着她走了。

吃完饭后，我决定不喊她，应该让她想来时才过来。我把盘子和咖啡杯放在床头柜上，让托盘掉到地上，我相当确定她听见了。我设法把背后的垫子抽出来。我躺着等了很久，可她不来。我想起来自己忘了问她母亲怎样了。然后我又想，等我好了，我又要孤身一人了。我将独占这座房子，到时候谁都不关心我何时来何时走，谁都不关心我做了什么。到时候我就不用藏着自己了。

她总算来了。药效早就上来了，我在她面前温和了许多。我问母亲怎样了，她说母亲马上起床。我以为她在医院，我说。不是，她说，伤口只是外伤。我把母亲告诉我的对她说了。一开始她好像不相信我，然后她身子似乎僵了，目光也是，她说：这种事……这种事……呸！她激烈的反应让我出乎意外，她可是个前卫的年轻女子。这种事时有发生，我说。她盯着我，就跟我说了天方夜谭似的。啊哈，是啊，她说着从地上捡起托盘，生硬又恼怒地把盘子和杯子放上去。别跟妈说，我给你讲了这事，我说。为什么不告诉她？她问。她求我不要说，我说。那你为什么说了？她问。我以为你应该知道一下。为什么？她问。我不回答，我渐渐恼了，我这回也不甘心被人批评了。这样我们两个就有了个小秘密？她问话的腔调故意让我不喜欢。是啊，有什么不行，我说。她注视着我，看了一小会儿，然后说：我想，我们两人彼此间都看错了。多可惜呀，我说。我听见她走了，出去后关上门，这门自我从医院回来后就没关过，她知道我想要这门开着。我本来就生气了，这扇关上的门又助长了我的怒气。她得离开这房子，我不想再见她了。我还没无助到什么都要忍气吞声的地步。我又没惹她。

过了很久，我心里才稍稍平静下来。这时我想，她这么做与其说是我的原因，肯定更是基于父亲，如果她思考一小会儿，自己就会发现之前的言行有多么不当。

然而我没能完全平静下来，我必须向自己承认，我害怕她回来。我不断地想，就要听到门口的脚步声了，每次我都闭上眼睛，就跟睡着了似的。每一次我都同样地松了口气，因为她没来。终于，我闭着眼睛躺着，一边倾听一边等待，接下来的事我就记不得了，直到发觉母亲站在我床边，额头上用橡皮膏贴着纱布绷带，头上戴着个睡帽似的东西。做噩梦了吗？她问。我说梦话了？我问。没有，她说，但你作出一副怪相。你疼吗？疼，我说。我给你拿片药来，她说。她几乎走不了道。我想，松雅大概对自己的不妥举止还是心中有愧的，所以母亲替她来了，然而当母亲稍后拿着药片回来时，她说：好了，这下就只有我们两人了。她说这话，仿佛我明白这一点对她来说很重要似的。我没回话。她把药片给我，想要扶着我的肩膀，不过我说没必要帮忙。我把药片放进嘴里，拿水瓶喝了水。她坐到窗边的椅子上。她说，虽然松雅担心我应付不过来，可她那么想家。我点头。是啊，她说，她说了，她得走了，你会理解的。我理解，我说。她冲我笑笑，又说：你不知道我多感谢你。感谢什么？我说，尽管我知道她的意思。当我醒过来，看到你躺在我身边，她说，那时我想，至少威廉还是在乎我的。自然，我说。我闭上眼睛。过了一会儿，我听到她站起来出去了。我又睁开眼睛，想：要是她知道就好了。

樱桃树上的钉子

　　母亲站在屋后的小花园里，那是很久以前的事了，当时我比现在年轻得多。她用锤子把一枚长钉子钉进樱桃树的树干里，透过二楼的窗，我可以看到她，那是个温暖阴郁的八月天，我看到她把锤子挂到那枚长钉子上，接着走向花园最边上的篱笆，站在那儿，望向远方没有树木的大地，望了很久，纹丝不动。我下了楼梯，走去花园里，我不希望她一直站在那儿，谁知道她在看什么呢。我站到她身边。她摸摸我的胳膊，抬头仰望，微微笑了。她之前哭过。她笑着说：我受不了了，尼可莱。是啊，我说。我们回到屋里，进了厨房，恰在这时萨姆来了，他抱怨天热，于是母亲端上茶水。窗户开着。萨姆给母亲讲一张床的事，他妻子躺在那床上骶骨开始疼，我上楼去了那间被我们称作"萨姆的屋子"的房间，因为他是我们中年纪最大的，是第一个有自己房间的。我站在房间中央，静待时间流过，然后我又下楼。萨姆在讲外装马达。母亲往自己的茶里放糖，搅动茶水，动作不停。萨姆用一块蓝色的手绢擦干脖子，我不想再看到他了，我对母亲说，我要去买烟草，路上我耗了很多时间，可回家的时候他还坐在那儿。他在讲葬礼的事，称牧师致的辞再合适不过。是吗？母亲问。我问萨姆，他儿子现在多大了。他认真地看着我。七岁，他说，这你明明知道的。我不接话，他继续盯着我。母亲站起来，把杯子拿到水槽里。这么说他已经上学了，我说。当然，他说，所有人到了七岁都要上学。是啊，我说，我知道。我站起身进了走廊，上楼进了萨姆的屋子，感觉我的脑袋仿佛正沉在湖底。我把烟草盒放进箱子，锁上箱子，把钥匙放进兜里。不，我对自己说。我又打开箱子，把烟草拿出来，从兜里取出另一盒，走进厨房，手里拿着两盒烟草。萨姆不说话了。母亲在用一块红格子布擦干餐具。我坐下，把两盒烟草放在桌上，给自己卷一根烟。萨姆看着我。一片寂静，过了很久，然后母亲开始哼歌。还有你，萨姆说，你总是干同样的事。是啊，我说。我怎么也理解不了，他说，成年人，还写诗，我是说那些光写诗不干别的。算了，萨姆，母亲说。可我就不能理解，萨姆说。没什么，我说。我站起来，进花园。我觉得花园太小了，我爬过篱笆，穿过土地。我要让他们看得到我，但要隔着距离。我走了八十、九十或许一百米远，然后站定，转身。我看见萨姆的车子在房子右边露出一半。空气都凝固了。我几乎没任何感觉。我长久地望着那房子和车子，也许有一刻钟之久，也许更长，直到萨姆开车走了，我不看他，只看那车。之后母亲立刻进了花园，当我看见她已经看到了我，就往回走。她说，萨姆得走了，她应该向我转告一声。那确实啊，我说。他是你哥哥，她说。得啦，妈妈，我说。于是她摇摇头，笑了。我问她要不要躺一小会儿，她说要。我们进屋。她站在房间正中。她大咧开嘴，仿佛要大喊或者窒息，然后她又闭上嘴，用微弱的声音说：我想我受不了了，尼可莱。我真想死啊。我环抱住她瘦骨嶙峋的双肩。妈，我说。我真想死啊，她又说一遍。是啊，妈妈，我说。我送她坐到沙发上，她哭了，我把毯子铺到她腿上，她紧闭双眼，大声地哭，我坐在沙发沿上，看着她的泪水，想到父亲，想到她定是爱他的。我把手放到她胸前，隐约知道自己在做什么，她眼睛不再紧闭，却也没睁开。哦，尼可莱，她说。睡吧，妈，我说。我的手没拿开。过了一会儿，她的呼吸平稳了，于是我站起来，上楼进了萨姆的屋子。离我的火车班次还有差不多五个小时，但我肯定她会理解的。我装好箱子，把黑西服放在最上边，感觉我的脑袋仿佛处在一方巨大的空间中。我下了楼，走出屋子。一路步行去火车站，很远，但我有很多时间。一边走我一边想，她一定很爱父亲，还有萨姆……她肯定也爱他。我想：这没什么。

我姐姐的脸

　　一个十一月天，傍晚，我上楼梯回自己三层楼上的住所时，注意到一道影子映落在我家门上。我立即明白，那肯定来自一个站在我家门跟通往阁楼那扇门旁边的电灯之间的人，于是我站定。这一带最近出了几起入室盗窃案，还有一两起抢劫案，大概是高失业率的缘故，所以我有理由猜测，某个一动不动站在顶楼楼梯上的人不希望被人发现。因此我原路折回，重新下楼；不要打扰那些不想被人看见的人，这是个经验之谈。下了几阶后，我听见身后有脚步声；我吓了一跳，接着听到有个声音喊我的名字。那是奥斯卡，我姐姐的丈夫，尽管我对此人没太多好感，我还是——用形象点儿的话说——长出一口气。

　　我上楼，与他面对面，由于我马上明白，自己无论如何也得请他进屋，就跟他握握手。我们把大衣挂到小门厅里的衣帽架上，接着我引他进客厅，把两盏落地灯都打开。他站在房间正中，往四周看看。他说，他还没来过这里。是啊，我说，没错。他问我在这里住了多久。六年，我说。是啊，这也不错了，他说。是啊，我说。他摘下眼镜，揉揉眼睛。我请他坐下，他却仍旧站着，用一块大手绢擦眼镜，同时眯着眼睛环顾房间。然后他又戴上眼镜。原来你有电话啊，他说。是啊，我说。可电话号码簿里没你，他说。对，我说。我坐下。他注视着我。我问他要不要来杯咖啡。不用了，多谢，他说，另外我马上得走了。他在我正对面坐下。他说，是我姐姐让他来的，让我去看望她，她一只脚踝扭伤了，但有些事必须跟我谈，他不知道是什么事，她不愿意说，啊，想起来了，他又说，是跟我们童年有关的事，当时他一说，她可以给我写信嘛，她就歇斯底里起来，把一管胶水挤到地毯上。胶水？我问。是啊，他说，贴照片用的，她当时正在贴一本旧相簿中撕下来的照片。他再次摘下眼镜，揉眼睛，然后又把手绢掏出来，擦镜片。我会给她打电话的，我说。好，他说，这样她至少会知道我确实来过这儿了。另外，他说，你要是把你的电话号给我，她有事时就可以给你打电话了，那样我就不用再横穿整座城过来。我不想给他号码，可为了不冒犯他，我说，我不记得自己的号了。他透过厚镜片后打量着我，让我有点儿不舒服，我是很少说谎的，只为了自卫才说，而且别人可能看得出来，无论如何，这时我感觉他看出来了，于是我说，我从来用不着它，又没人给自己打电话。是啊，当然没有，他说，他这话说得让我生气了，我感觉自己被他指责了，于是出屋从大衣兜里拿出香烟。不巧我只能请你喝咖啡，没别的了，我说。他不说话。我又坐下，点了根烟。你真幸运，他说。怎么讲？我问。一个人住在这儿，他说。是吗，我说，虽然我也是这样想的。有时候我都不知道自己该去哪儿，说。我不说话。好了，我该走了，他说着站起身来。他让我有些难过，于是我问：你们之间不太好吗？是啊，他说。他往门口走。我跟在他身后，帮他穿上大衣。他说：你给她打电话，她肯定高兴。她总说，她还喜欢的人，就只有你了。

她肯定坐在电话机旁来着，因为我一打她就接了。我说了自己是谁。奥托啊，她说，我真高兴。听上去挺真诚，一点儿也不夸张，接下来的对话语调也是平和友好的。过了一会儿她请我去看看她，我同意了。接着她说：你终究还没忘了我们俩，对吧？忘了你们俩？我问。不，她说，咱们，你和我。没有，我说。你明天来吗？她问。我犹豫了。好吧，我说。一点左右？她问。好的，我说。

挂上电话，我既清醒又带点儿兴奋，每次我克服了一项困难时总有这种感觉，于是喝了一小口威士忌来奖励自己，这是在这个时间我一般不会做的。清醒劲儿还没过，或许多亏了威士忌，于是我又赏了自己一口。时钟显示七点半，我离开家，去了科丽菲[1]，这是一家名不副实的酒馆，不过我时不时去那儿喝一两杯啤酒。

卡尔·霍曼坐在客座中，这是个年岁跟我相仿的男子，住在这个城区，我跟他的关系有些拘束，因为他有次救了我的命。幸好他不是一个人，所以我觉得，拒绝他让我坐过来的邀请，也还说得过去。我往酒馆最里头走。敢于拒绝人家让我稍稍狂妄起来，因此我都坐下了，才发现玛丽昂，我跟这个女人有过一段多少不清不楚的关系。她坐在三张桌子开外。她在翻报纸，有可能还没看到我。我也不一定非得已经看到她了，就这样我点了杯啤酒，顺其自然了。既然这种情况本身并没有什么让人受不了的地方，我就试着跟她目光交接。她不久后就从报纸上抬起目光，

---

1 意为希腊悲剧中合唱队的主唱。

直接注视着我，这时我明白了，她早就看到我了。我冲她笑了笑，举起酒杯。她也一样，然后她折起报纸，朝我走来。我站起来。奥托，她说着很快地拥抱了我一下。接着她说：我能坐过来吗？当然可以，我说，不过我很快就要走了，我正要去我姐姐家。她把自己的杯子拿过来。她看上去挺快乐。她说，很高兴看到我，我也说，很高兴看到她。她说，她总是想到我。我没接话，尽管我也偶尔想到她，然而是带着复杂的情感，特别是由于她贪婪的性欲，让我多少感到棘手，直到那最后一次，她突然喊道，做爱又不是祈祷。我推诿地问她过得如何，接着我们十分平和地聊天，后来我喝完酒，说，我现在得走了。那她也走，她说。然后我们站起来时，她说：你要不是非得去你姐姐家，会不会跟我走呢？这是在诱惑我，我说。一定要给我打电话啊，她说。

她陪我去公交车站，到了那儿，她紧贴到我身上，对着我耳朵轻声说了几句风骚大胆的浪荡话，让我的身体起了某种尴尬的反应，不知要是巴士没来会怎样，可巴士来了，于是她说：打电话啊。

我在下一站下了车，玛丽昂——这是个有魅力的女人——试图接近我给我带来的自信驱使着我走向最近的一家酒吧。然而我只走到门口；刚开门，一看到人群、听到嘈杂的声音，我的勇气就低迷了。在陌生场所体味到令人害怕的陌生感，我对这种情况已经习以为常了，于是我又关上门，回家去了。

夜里，不知何时我从一场梦中醒来，这场梦或许也受到了玛丽昂所带来的上述自信影响。这是场风光旖旎的春梦，和之前此类梦境不同的是，其它梦里的女人的脸——或者女人们的脸——是陌生乃至看不到的，这次这个女人的五官突然清晰地浮现出来，我的欲望却没因此而被冲淡。那是我姐姐的脸。

＊　＊

　　我还没来得及按门铃，她就开了门。她拄着两根拐杖。我看到你来了，她说。明白了，我说。她拥抱了我，同时一根拐杖掉到了地上。我弯腰捡拐杖。撑着我，她说，把一条胳膊搁到我的肩膀上。我照办了，也就是说，她撑在我身上。她在旁边带着我一瘸一拐地走进客厅，在一张已经摆满东西的沙发茶几旁坐下。我挂好大衣，重新走进客厅后，我们吃三明治，谈她的脚。我偷偷地朝地毯望了一眼，却没看见胶水的痕迹。

　　我们聊了一阵子各种杂事，然后她说：你跟爸越来越像了。我想她知道我以前跟父亲之间关系如何，也不跟她生气，但什么都没说。我站起来，去拿个烟灰缸。你要去哪儿？她问。去拿个烟灰缸，我说。她告诉我要去哪儿找，于是我进了厨房。我回来后她说，过去一段时间里她　直在想我，想我们两人，多可惜啊，我们不再见面了，过去我们明明那么亲密无间的。唉，我说，个人有个人的生活嘛。你就从来不想我吗？她问。想啊，当然想，我说。要是你知道我有时候感觉多孤独就好了，她说。是啊，我说。你也很孤独，她说，我知道的，我了解你。你很久以前开始就不再了解我了，我说。你从没变过，她说。变了啊，我说。哪儿变了？她问。我不回答。然后我说：你刚才说，我跟爸越来越像了。你这话到底什么意思？你笑起来的样子，她说，还有你上身来来回回晃悠，跟他一模一样。他也这样吗，我问，我不记得了。奇怪，她说。我或许没像你那样观察过他一举一动，我说。这话怎么讲？她问。就是我说的意思，我说，我不喜欢盯着他看。他身上有些倒人胃口的地方。现在是这样了，她说。我们沉默了一阵子；然后我注意到，我的上身在来来回回地晃悠，我直起身子，靠在沙发上。后来她说：角柜最下层有一瓶雪利酒，你能去把它拿来吗？再拿两个杯子，如果你也想喝的话。往柜子走的途中我决定只拿一个杯子，却又反悔了。我给她倒了很多，给我自己只一丁点儿。这倒新鲜，她说。是啊，我说，说点儿别的吧。干杯。干杯，她说。我一饮而尽。你就喝这么点儿，她说。我中午不喝酒，我说。我也不喝，她说。我又给自己倒了些雪利酒。我不知道我们该谈些什么。我看了看表。别看表，她说。奥斯卡呢？我问。在他母亲家。他每周六都去他母亲那儿。五点以前绝不回来，也是清静。我心静得很，嗯？她问。自然啦，我说。多好啊，她说，再给我倒些雪利酒？我给她倒上，却没倒第一次那么多。不够，她说。我倒满一杯。干杯，她说。我一饮而尽。你自己倒，她说。我想起来她对奥斯卡说的话，说她还喜欢的人就只有我了，我突然感到一种得意洋洋的自由感，于是我几乎斟满一杯。她注视着我，眼睛熠熠生辉。你干吗盯着我，她说。是啊，我说。还记得吗，我过去总叫你阿大，她说。我点头。你则叫我好姐姐，她又说。我拿起杯子，喝酒。她也一样。我还记得这些。你现在有女朋友吗？她问。没有，我说。你谁都看不上吗？她问。别笑话我了，我说。我没笑话你，她说。我更喜欢一个人生活，我说。那也可以交女朋友啊，她说。我不说话。你是男人啊。我不说话。我站起来，走进浴室。我把塞子塞进洗手池，打开凉水。我把双手伸进水中，一直放着，直到手疼起来，然后我擦干手，回到客厅里。我坐下，说出之前想好的话：我更喜欢那些一无所求的女人，那些付出又索取后就走人的女人。她什么都没说。我给自己点了根烟。这样你还说自己不孤独，她说，接着又说：阿大。我注视着她；她的脸半偏着，嘴唇微微张着；房间里静默无声，外面也是；静寂凝固。想想看——，她说。什么，我问。没什么，她说。说吧，她说。好了，奥托，她说，你肯定不知道我刚想的是什么——你觉得我想了什么？我话都到了嘴边，可恰在这时我的勇气不够用了。于是我还是说：不知道，我怎么可能知道。她拿起杯子，举到我面前。空了，她说。快说吧，我说。不说，她说。我给她倒满一杯。我们为那些不喝酒的人多喝，我说。没有例外，不成规矩，她说。是啊，我说，哪里都有例外。是吗？她说。她没盯着我。是啊，我说。房门开了。不要啊，她说。我站起来。放松活动一下。别走，她说。我又坐下。奥斯卡走进门；他拄着我姐姐的那根拐杖。他站着不动。显然他不知道我在。你好，奥斯卡，我说。你好，他说。他盯着我姐姐，说：你的拐杖放在门口了。我知道了，她说。那就道歉啊，他说着松手，拐杖掉到地上。你这是什么意思，她质问。他不回答。他用鞋尖把拐杖推到墙边，然后走进厨房。他在身后关上门。现在别走，求你了，她说。我要走了，我说。行行好，为了我，她说。我受够了，我说。奥斯卡从厨房出来。他扫了我一眼。我之前不知道你在，他说。我这就走，我说。别在乎我，他说。不是，我说。他径直穿过房间，进了一扇门。我看着我姐姐，她直勾勾地盯着我的脸，说：你是个懦夫，我都忘了你有多怯懦。我站起来。好啊，只管走吧，她说，走啊。我走到她面前。你说什么，我问。说你是个懦夫，她说。我扇了她一耳光。不重。不，我想我扇得并不特别重。尽管如此，她还是喊了起来。几乎同时我听到奥斯卡打开门；他肯定是偷听来着。我没朝他转身。我没听到脚步声。我看着墙壁，只听到自己的呼吸声。然后我姐姐说：奥托马上就走。奥斯卡没应声。我听到那扇门关上了。我看着姐姐，我们的目光相遇；她的目光中有些我无法理解的、柔和的东西。我看到她还想说些什么。我移开目光。抱歉，阿大，她说。我不说话。你走吧，她说，但要给我打电话，行吗？行，我说。接着我转身走了。

塞萨洛尼基的狗

　　我们在花园里喝午前咖啡。我们几乎不说话。蓓阿特站起来，把杯子放到托盘上。或许咱们最好把椅子搬到阳台上，她说。为什么？我问。肯定会下雨的，她说。下雨？我说，天上连朵云都没有。空气中有种感觉，你什么都没注意到？没有，我说。没准儿是我错了，她说。她走上阳台的台阶，进了客厅。我又坐了一刻钟，然后把椅子搬到阳台上。我在那儿站了一会儿，望向栅栏另一侧的树林，但什么都看不出来。透过敞开的阳台门，我听到蓓阿特在哼小曲儿。当然啦，她听过天气预报，我想。我重新下楼进了花园，绕到房子前面，走向黑色熟铁大门旁边的信箱。里面是空的。我关上大门，这门不知怎么是开着的；这时我看见，有人正对着大门呕吐过。我看了有些生气。我把浇花园的长管接到地窖窗户旁边的水龙头上，把水开到最大，拿着管子往门口走。水柱浇得不太准，一部分呕吐物飞进了花园，其余的溅到沥青地上。这附近没有污水沟，所以我只能把这摊黄污冲到门前四五米之外，再远就不行了。尽管如此，把这脏东西稍稍移开，让我轻松了些。

　　关上水龙头、卷起水管后，我不知道该干什么了。我上阳台坐下。

几分钟后蓓阿特又哼起歌来；听上去仿佛她在想些自己喜欢想的东西，她大概不知道我在听她哼。我咳嗽一声，声音静了。她出来说：哎呀，你坐在这儿？她化了妆。你要出去？我问。不出去，她说。我把脸转向花园说：不知哪个白痴往我们大门口吐了一摊。啊？她说。脏得要死，我说。她不说话。我站起来。有烟吗？她说。她拿了一根，我给她点上。谢谢，她说。我从阳台走台阶下去，又在花园的桌子旁坐下。蓓阿特站在阳台上抽烟。她把抽了一半的烟扔到台阶下的碎石上。这怎么回事儿，我问。让它烧完，她说。她进了客厅。我盯着那道细细的烟柱，它几乎垂直于香烟，袅袅上升。我希望它不要烧起来。过了一会儿，我站起来，我有种无家可归的感觉。我往另一侧的栅栏门去，穿过狭长的草坪，往树林里走。刚走过树林边缘，我站住脚步，坐在一个树墩上，差不多隐身于一丛灌木后。蓓阿特走上阳台。她往我坐着的方向看，喊我的名字。她看不到我，我想。她下楼进了花园，绕着房子转。她又走上阳台。她又朝我这方向看了一回。我站起来，往树林深处去了。

午餐桌上，蓓阿特说：他又来了。谁？我问。那个男的，她说，在树林边上，就在那棵大……算了，现在他走了。我站起来走到窗边。哪儿？我问。那棵大云杉旁边，她说。你确定是同一个人？我问。我觉得是，她说。现在那儿没有人，我说。没有，他走了，她说。我又回到桌边。我说：隔这么远，你不可能看清楚是不是同一个人。蓓阿特没有立即回答，然后她说：是你我就认得出来。那是另一回事儿，我说，你认得我。我们沉默地吃了一会儿。然后她说：我叫你的时候，你干吗不回答？叫我的时候？我问。我看到你了，她说。你不应声。我不应声。我看到你了，她说。那你为什么要绕着房子转？我问。为了让你以为我没看到你，她说。我以为你没看到我，我说。你干吗不应声？她问。我不用非得应声啊，因为我以为你看不到我，我说。毕竟我也可能根本不在那儿嘛。假使你当时没看到我，也没装作自己没看到我，那就没问题了嘛。亲爱的，她说，本来也没问题。

一时间我们不再说话。蓓阿特不断地扭头看窗户外面。我说：不会下雨的。是啊，她说，要等一阵子。我放下餐具，靠到椅背上，说：知道吗，有时候你让我生气。是吗？她说。就是你犯了错从不会承认这一点，我说。我会啊，她说，我常犯错。所有人都会犯错。每一个人。我只是盯着她，看出来她意识到自己说过头了。她站起来。她拿起调味汁壶和之前盛蔬菜的空碗，走进厨房。她没有回来。我也站起来。我脱下外套，接着站了一小会儿，仔细听动静，可什么声音都没有。我进花园，转过房子走上大路。我往东边走，离开这地方。我有些恼怒。街道两旁洋房的花园都空置着，除了高速公路上近乎千篇一律的轰鸣，我什么都听不到。我将房屋抛到身后，踏上延伸至峡湾的广阔平原。

我走到紧靠着一家带露台的小咖啡厅的峡湾边上，坐到一张挨着流水的桌子旁。我点了一杯啤酒，点上一根烟。我感觉热，却没脱外套，因为我猜自己腋下有汗渍。其他客人都坐在我身后；我面前只有峡湾和远方树木丛生的山坡。低语声和岸边石块间微弱的汨汨声让我昏昏欲睡。思绪天马行空地跳跃，并没什么不舒服的，正相反，我感到一阵不同寻常的惬意；更不可思议的是，毫无征兆地，一种恐怖的孤寂无助感占据了我的心灵。这恐惧和孤寂中有些吞噬一切的力量，可以说消融了时间，然而或许只过了几秒钟，我的感官就重回此时此刻。

我沿原路回家，穿过广阔的平原。太阳斜挂在西边的山上；城市上空雾气沼沼，空气中没有丝毫动静。我对回家产生了抗拒之情，突然间我想——这是一个清晰无误的念头：要是她死了该多好。

但我继续走。我走过大门，绕到房子后面。蓓阿特坐在花园的桌子旁；她对面是她哥哥。我走到他们那儿，心情平静。我们说了几句无关紧要的话。蓓阿特没有问我去了哪儿，两人谁也没让我坐下，就算他们让我坐，我也会用一句可信的借口拒绝。

我上楼进了卧室，把外套挂起来，脱下衬衫。双人床上蓓阿特那边乱着。床头柜上放着一个烟灰缸，里面是两根烟蒂，烟灰缸旁边是一本打开的书，封皮朝上。我把书合上；我带着烟灰缸进了浴室，冲掉烟蒂。然后我脱下衣服，打开淋浴，可水只是温的，差不多是凉的，淋浴下的体验和预想中完全不同，时间也比想象中短得多。

站在打开的卧室窗边穿衣服时，我听到蓓阿特在笑。我迅速收拾好自己，下楼去了地下室的洗衣房，透过那儿的窗户，我可以好好观察她，还不会被她发现。她靠在椅背上，裙子在叉开的两条腿上卷得高高的，双手交叠在脖子后面，这一来上衣的薄料子便紧贴在她的乳房上。这动作有些伤风败俗之处，让我恼火，看到她在一个男人——即便那不过是她哥哥——面前这样坐着，我的怒火更冲。

就这样，我在那儿站了一会儿，注视着她；她坐得离我不过七八米远，不过好在地下室窗前的花坛上有丛灌木，我可以确信她不会发现我。我试图偷听他们的话，可他们说话声太轻了，在我看来轻得出奇。然后她站起来，她哥哥也一样，我迅速走上地下室的楼梯，进了厨房。我打开凉水水龙头，拿了个杯子，但她没过来，于是我又关上水龙头，把杯子放回去。

心里平静了些后，我进客厅坐下，翻看一本技术杂志。太阳下山了，但还不用开灯。我把杂志翻来翻去。阳台的门开着。我点了一根烟。我听到远处有架飞机的声音，此外一片寂静。我又焦躁起来，于是站起来进了花园。那儿没人。栅栏门开着一条缝。我走过去把门关上。我想：她肯定就站在灌木后面，在盯着我。我走回到花园的桌子旁，把一把椅子搬正，让椅背朝着树林，然后坐下。我确认如果有人站在洗衣房里观察我，我是看不到他的。我抽了两根烟。天色暗了，凝滞的空气却是柔和的，几乎是温暖的。苍白的月牙立在东方的山岗上，刚过十点。我又抽了一根。然后我听到栅栏门轻轻地吱嘎响了，不过我没转身。

她坐下来，把一小束草花放在花园桌子上。多好的夜晚，她说。是啊，我说。有烟吗？她问。她拿了一根，我给她点上。然后她用那种我永远无法抗拒的孩子气的热诚声音说：我去拿瓶葡萄酒，如何？——我还没想好该如何回答，她已站了起来，拿起那束花，很快地走过草坪，从阳台的台阶上楼去了。我想：她这是要装作什么事都没有。接着我又想：本来也什么事都没有。在她看来什么都没有。当她拿着酒和两个杯子，甚至还有一块蓝格子的桌布回来时，我已几乎完全平静下来了。她打开阳台门上的灯，我转了转椅子，好让自己往树林的方向看。蓓阿特倒上酒，我们喝酒。嗯，她说，好酒。树林在淡蓝色的天幕前如同一幅黑色的剪影。多静啊，她说。是啊，我说。我把烟盒递给她，可她不要了。我自己拿了一根。看啊，那月亮，她说。是啊，我说。看它还那么弯，她说。是啊，我说。我呷了一口酒。南方的月亮是躺倒的，她说。我没说话。还记得吗，塞萨洛尼基的狗，交配的时候卡住动不了了，她说。是卡瓦拉[1]，我说。一大堆老人在咖啡店前面，又是大喊，又是乱挥胳膊，跟狗一样狂呼乱嚷，手舞足蹈，好与彼此分开。我们离开那城市时，也是这样一道弯月，仰躺在天上，我们两人干柴烈火，还记得吗？记得，我说。蓓阿特又倒了些酒。然后我们沉默地坐了一段时间，很长的一段时间。她的话让我焦躁起来，随后的沉默又使焦躁更甚。我搜寻着能说的话，想说些可以转移注意力的寻常话。蓓阿特站起来。她绕过花园的桌子，在我身后站定。我开始害怕，我想：这下她要伤害我了。感到她的双手碰触我的脖子时，我吓了一跳，脑袋和上身猛地往前一探。几乎同一时刻，我明白了自己做了什么，我也不朝她转过身，说：你吓到我了。她不答话。我又靠回去。我听到她的呼吸声。然后她走了。

过了不知多久，我站起身来，想进屋去。这时候天完全黑了。酒已经喝完，我思索着自己该说什么，思索了好一阵子。我带上了杯子和空瓶，考虑了一会儿，还是没动那块蓝格子桌布。客厅空着。我走进厨房，把瓶子和杯子放在水槽旁。这时已经过了十一点。我关上阳台门，熄灯，然后上楼去卧室。我那边床头柜上的台灯开着。蓓阿特侧躺在床上睡了，或者装作睡了。我的被子掀开着，床单上放着我们结婚那年我出了事故后用过的手杖。我拿起它，想把它放到床底下，又转念了。我站着，拿

1 希腊城市。

着手杖，盯着薄薄一层单被下腰臀的曲线，简直要被突如其来的欲望击倒。于是我迅速走了出去，下楼进了客厅。我带着手杖，也不清楚什么原因，我把它狠狠地抽到自己腿上，它断成两段。这一击很疼，我平静了些。我走进工作室，打开制图板上的灯。我又把它关上，躺倒在沙发上，把一条毯子铺在身上，合上眼睛。我清楚地看到蓓阿特在我眼前。我又睁开眼睛，可她仍在眼前。

这一夜我醒了好几次，而且很早就起床了。我去了客厅，想扔掉手杖，不想让蓓阿特看到我把它弄断了。她坐在沙发上，注视着我。早上好，她说。我点点头。她继续看着我。我们吵过架吗？她问。没有，我说。她用目光攫住我，我看不懂这目光。为了从中逃脱，我坐下。你误会了，我说。我当时没注意到你站起来了，我在想事情，结果你的手突然摸到我脖子上，我明白你……可我不知道你站在我身后。她没说话。我盯着她，碰上了同一种深不可测的目光。你要相信我，我说。她移开目光。好，她说，大概只能这样。

一念解人忧

我住在一间地下室里；无论怎么看，这都是我每况愈下的处境带来的结果。

我的房间只有一扇窗户，还只有上半边在人行道上面；因而我是从下面看的外部世界。看不到广阔天地，不过常给我一种足够大的感觉。

我只能看到那些在我这边路的人行道上经过的腿和下肢，不过在这里居住了四年之后，大多数时候我都能分辨出它们的主人。因为街上人不多；我住在一条死胡同的尽头。

我这人话不多，不过偶尔会自言自语，那种时候我说的是感觉非说不可的东西。

有一天，我站在窗户旁边，正好看到房东妻子的下肢经过窗前，这时我毫无征兆地感到孤独，于是决定出去。

我穿上鞋子和大衣，以防万一，把老花镜放在大衣兜里。然后我出了门。这间地下室公寓的好处就在于，休息够了的时候是往楼上走，而疲惫地回家时是往楼下走。可能是唯一一个好处。

这是个温热的夏日。我往废弃消防站旁边的公园走，我习惯在那里安安静静地坐一坐。然而我才刚坐下，就过来了一个我这岁数的老头儿，挨着我坐下了，尽管空凳子还多得很。我这回出来是为了感觉不那么孤独，但可不是为了跟人说话；就是为了换换环境。我等待着他立刻开口说话，越等越紧张，甚至考虑站起来就走，可我该去哪儿呢，我想来的就是这里啊。但他什么都没说，这给了我几分好感，情绪也缓和了些。我甚至试着看了看他，自然是不想让他注意到的。然而他注意到了，因为他说：

"抱歉，我得说，我在这儿坐下，是因为我以为可以清静一下。如果您不愿意，我自然会去别处。"

"您坐着吧。"我说，相当震惊。我理所当然地不再尝试着去看他，我对他充满敬意。更为理所当然地：我不跟他搭话。我感觉心中有些异样的东西，某种不孤寂的东西，简而言之就是某种惬意。

他在我旁边坐了大约半个小时，然后站起来，有些艰难地转向我说：

"谢谢。再见。"

"再见。"

然后他就走了，步子大得出奇，胳膊摆得像在摇桨，就跟梦游似的。

第二天同一时间，不，还早一些，我又去了公园。在我冥思苦想、给那个人安上好多推测后，那一切显得不那么自然了；不管那是什么吧，那连我自由意志的选择都算不上。

他来了，我隔着老远就看到了，从步态认出了他。今天也有凳子空着，我有些兴奋，不知他是否会坐到我旁边。当然，我往另一个方向看，装作根本没看到他的样子，他坐下来的时候，我假装没注意到他。他也似乎没注意到我；这情形非同寻常——一场计划之外的未曾相逢。我得承认，我不清楚自己是否希望他开口说些话，半个小时后我也不知道自己是应该首先离开，还是应该等着他先走。这种忐忑其实也没有让我不适——我可以就这么一直坐着。可后来我不知为何突然想到，他坐在这儿就占了上风，于是我不那么难下决定了。我站起来，第一次看向他，说：

"再见。"

"再见。"他说，直视我的眼睛。他的目光无法参透。

我走了，一边走远一边忍不住地思索着，他现在会怎样描绘我的步伐，这让我立即感觉自己的身体封闭起来，步子变得僵硬笨拙。如上面承认的那样，这令我生气。

这天晚上，我站在窗户底下往外看，没什么可看的，这时我想，如果明天他又来，我得说些什么了。我甚至想好了，如果要我展开一场对话，我该说什么。我要等一刻钟，然后也不看着他，只是说："是时候让我们两个说说话了。"没别的，就这些。之后他既可以接话，也可以不开口，如果他不接话，我就要站起来说："以后我请您换张凳子坐。"

那一晚我还想出了许多别的东西，都是如果确实到了需要对话的那一步时我可以说的话，不过大多又被我斥为无趣或太过平庸。

第二天早上我又兴奋又忐忑，甚至考虑呆在家里。前一晚的决定被我断然推翻；如果我过去，我绝对不说话。

我去了，他也来了。我不盯着他看。突然间我赫然发现，他每次都在我到之后五分钟内出现——就跟他在这附近某处等着看我过来似的。好了，当然咯，我想：他住在这消防站附近的一栋公寓楼里，总在窗边关注我。

我没能继续揣测，因为他蓦地开口了。我得承认，他说的话让我感到不舒服。

"不好意思，"他说，"不过如果您没意见的话，是时候让我们两个说说话了。"

我没有立即回答，然后我说：

"或许吧。如果有的聊的话。"

"您不知道有没有的聊？"

"我可能痴长您几岁。"

"不无可能。"

我没再说话。我感到一阵令人局促的焦躁，因为眼下此景我们的角色诡异地对换了。他先打开了话匣子，而且实际上用了我的话，我就按照之前为他设想的答案作了回答。就好像我也完全可以当他，他可以当我。这让人感觉不舒服。找动了想走的心思。但既然我可以说迫不得已地跟他等同起来了，就觉着伤害他甚或冒犯他是有问题的做法。

或许过了一分钟，然后他说：

"我八十三岁。"

"那我就说对了。"

又过了一分钟。

"您下棋吗?"他问。

"很久不下了。"

"几乎没人下棋了。所有跟我下过棋的人都死了。"

"至少有十五年了。"我说。

"最后一个是冬天死的。偏偏他的死也不是什么大损失,他后来棋力大减。我每次不到二十步就能打败他。不过那也能让他获得些快活,我想,那大概是他仅存的一点儿快活了。您没准儿认识他。"

"不认识,"我很快地说,"我不认识他。"

"您怎么知道……啊,您怎么知道的,那是您的事。"

这回我跟他完全一个想法,也想把这话说出来,不过既然他没把问题问完,我也就原谅他了。

我感觉他偏转了头,注视着我。他就这样坐了很久,让我不舒服了,于是我从大衣兜里掏出眼镜戴上。我面前的一切,树木啊房屋啊凳子啊,都消失在一团雾中。

"您近视?"他问。

"不,"我说,"正相反。"

"我是说——您需要戴眼镜才看得清远处的东西。"

"不,正相反。我看近处的有问题。"

"这样啊。"

我不说话了。当我感觉他又把脸转回去后,我摘下眼镜,把它重新放回大衣兜里。他呢,也不说话了,我觉得时间过得差不多了之后,站起来礼貌地说:

"谢谢您跟我说话。再见。"

"再见。"

我离开，步子比前一天坚实了些，然而我到了家，消停下来后，又为我与他的下一次相遇仓促制定了计划。我在屋子里踱来踱去，想出了各种各样的天方夜谭，其中还夹杂着一两句钻牛角尖的话；计划中不无某种傲慢之情，但这毕竟是因为我将他视作势均力敌的对手。

那一夜我睡得不好。当我年轻单纯，相信未来为我准备了惊喜时，我常常睡得不好，可那是很久以前了，那还是我明白——我是说，彻底明白到了人死的那天，度过的一生是好是坏都毫无意义之前。因此，这一宿辗转令我又惊讶又不安。我又没吃太难消化的东西，不过是几个煮过的土豆和一罐沙丁鱼而已；以前也这么吃过，而我已经好好睡了好几回。

第二天，他过了差不多一刻钟才到；我都快要放弃希望了——这种感觉非同寻常：抱有一个可以放弃的希望。然而他来了。

"您好。"他说。

"您好。"

接着我们一时间不说话了。我很清楚，一旦这个间隔太长，自己要说什么，可他得先开口，他确实先开口了：

"尊夫人……她还在世吗?"

"不在了，她去世了，去世很久了，我都多多少少忘了她。您夫人呢?"

"两年前没的。今天正好两年。"

"哦，看来今天是祭日啊。"

"算是吧。思念是挥之不去呀。不过这一天我不会去她坟墓上祭奠，您是这个意思吗？坟墓都是废物。不好意思。这说法不合适。"

我没回话。

"抱歉，"他说，"或许我冒犯到您了，我不是故意的。"

"您没冒犯我。"

"好。您甚至有可能信教呢，我哪里知道呢。我有个过世的姐姐，她相信永生。您听说过这等谬事吗？"

我再次意识到他多多少少预见到了我的回答，一时间我痛心地想，他只是我的想象，他根本不存在，实际上我在自言自语。或许就是这种痛心的感想使得我全然不假思索地提了一个问题：

"您到底是谁？"

幸好他没有立即回答，于是我还能迅速地补救一下：

"您别误会。我其实不是指您。脑子里这么想着，就脱口而出了。"

我感觉他在注视我，然而这一次我没有拿出眼镜。我说：

"另外我不想让您以为，我习惯提些没法回答的问题。"

随后我们沉默地坐着。沉默得令人不安；我真想走。再过两分钟，我想，如果他两分钟后还不说话，我就走。于是我心里数起秒来。他什么都没说，我站起来，一秒不差。他也站起来，跟我同一时间。

"谢谢您跟我说话。"我说。

"也谢谢您。就是还没问您想不想下棋。"

"我还真没多大兴趣。再说您的对手通常都是要死的。"

"自然，自然。"他回答说，他看上去突然心不在焉了。

"再见。"我说。

"再见。"

这一天回家后，我比平日里更疲惫；我必须躺一会儿。过了一段时间，我大声说："我老了。这辈子真长。"

第二天早上醒来时下雨了。要说我有些失望，那是说得太轻了。然而见这雨一天都没停，我明白自己还是要去公园。我只能这样。不是因为我希望他也会去，并不是这样。只不过，假如他去了，我就要，我就必须在那里。当我坐在雨中湿淋淋的凳子上时，我甚至希望他不要来了；一个人冒着雨坐在公园里，有些肆无忌惮，又有些恬不知耻。

可他来了——我就知！不像我，他穿着一件近乎优雅的黑色雨衣。他坐了下来。

"天气不好，您还是来了。"他说。

这话自然只是评论事实，然而由于他来之前一刻我还在想的事情，我感觉他的话有点儿讨厌，于是我没说话。我断定自己的情绪变坏了，后悔自己来这里。再说我身上逐渐湿了，大衣沉甸甸的，就这样一直坐着，简直有点儿可笑，所以我说：

"我出来不过是为了喘几口新鲜空气，结果累着了。我年岁大了。"

然后我又加上一句，省得他自鸣得意：

"习惯改不了。"

他什么都没说，这让我生气了，尽管这股怒火来得不合时宜。一段很长的沉默后，他说的话没能让我缓和下来：

"您不太喜欢人吧，还是我想错了？"

"喜欢人？"我回答说，"此话怎讲？"

"呐，就是这么一说。我不想惹您讨厌。"

"当然我不喜欢人。当然我也喜欢人。如果您刚问的是，我喜不喜欢猫或者山羊，再或者，比如说，蝴蝶，那就好了，可您问的是人。再者说，我几乎一个认识的人都没有了。"

最后一句一出口我就后悔了，不过幸好他没追究。

"真够特别的。山羊和蝴蝶！"

我听到他微微笑了。我得承认，自己刚才太生硬了，没必要这样，于是我说：

"如果您就一个泛泛的问题想要一个泛泛的答案，我可以告诉您，相对于人，我更毫无保留地喜爱山羊以及蝴蝶。"

"谢谢，我理解了。以后我再妄自提问时，会尽量说得精确些。"

他这话说得很友善，也没说太多，我听了有些后悔，就因为我心情不好，之前才那么魂不守舍的。由于我听了有些后悔，我又说了些话，但一说出口我就更后悔了：

"抱歉，我还拥有的几乎只剩下词句了。抱歉。"

"那当然。是我考虑不周。我本来应该想想您是谁的。"

一个念头闪过——他知道我是谁？他每天来这里，是因为知道我是谁？我经受不住了，又焦躁又不安，结果几乎不由自主地把手伸进大衣兜里掏眼镜。

"您这是什么意思？"我问，"您认识我吗？"

"是啊。怎么说呢，认识。我们之前见过一次面了。我第一次来这儿坐下的时候还不清楚。可后来我逐渐意识到了，我是见过您的，只不过拿您对不上号，直到昨天。您说了些什么，突然间我想起是怎么认识您的了。您记不得我了？"

我站起身来。

"不记得。"

我直勾勾地盯着他。我不知道自己见没见过他。

"我是……我以前是审您的法官。"

"您、您……"

我不知还能说什么。

"请您坐下来吧。"

"我身上湿透了。这样啊。您以前是……是您啊。原来如此。好吧，再见了，我得走了。"

我走了。这退场不甚光彩，可我受了惊吓，好几年没走这么快了，到家之后，我只能把湿淋淋的大衣扔开，接着就一头倒在床上。我的心剧烈地跳，我下定决心，再不踏入那个公园。

然而当我的脉搏过了一会儿恢复正常后，我的思绪也平静下来。我接受了自己的反应；某些精心藏好的东西又浮出水面了，让我惊异，就是这样。可以理解。

我又站起来，可以带着某种自得地说，我完全恢复正常了。我站到窗户下面，说："要让他再见到我。"

第二天，天气又好起来了，真轻松，大衣也差不多全干了。我在老

117

时间去了公园；不能让他在我身上发现任何反常的地方，也不能让他相信他战胜了我。

然而我走到凳子旁时，他已经坐在那儿了，这一来他倒成了举止反常的那一个。

"您好。"他说。

"您好。"我说着坐下，为了显得迎难而上，我马上又说：

"我以为您今天大概不会来了。"

"厉害，"他说，"您一比零。"

我对这个反应很满意；他与我势均力敌。

"您常有罪责感吗？"我问。

"什么意思？"

"作为法官，您常感到自己有罪吗？毕竟您的职责就是把适量的罪判给别人。"

"根据对别人罪行的评估诠释法条，这是我的职责。"

"您试图为自己辩解吗？没这个必要。"

"我没觉得自己有罪。正相反，我常感觉自己受制于法律的僵硬。比如在您的那个案子里。"

"是啊，因为您并不迷信。"

他飞快地看了我一眼。

"您这又是什么意思？"他问。

"只有迷信的人才会以为，延长一个已在死神手上的人的痛苦，是医生的责任。"

"是啊，这下我明白了。您就不害怕，出于同情的杀戮可能会被人滥用？"

"自然可能被人滥用。可那样的话出于同情的杀戮就不是出于同情的杀戮了，而是谋杀。"

他没有回应；我偷偷看了看他；他的表情愠怒又冷漠。这对我也不是不公平。尽管我不知道，这种愠怒是由于我说的话，还是他平时就是这副模样，这谁知道呢，可我好像还从没见过他这样子。这下子我来了兴致，我得把之前错过的补上，好好地端详他，于是我大模大样地端详起来，把脑袋扭向他那边，盯着他的侧脸；面对这个判了我多年牢狱之苦的人，这点儿小放肆就是再温和不过的了。我甚至从大衣兜里把眼镜掏出来戴上；其实没必要这样，不戴眼镜我也能把他看得足够清楚，可我突然迫切地希望挑衅他一下。这样不加掩饰地盯着别人，一点儿也不像我，弄得我一时间对自己感到陌生；这感觉十分特别，又丝毫不令我不适。我这一举动大不同于往常，随后还触发了惊人一幕。我大笑起来，好多年来的第一次；笑声中有些可鄙的意味。于是他没看着我，也相当生硬地开口了：

"您为何发笑与我无关，可您听起来并不愉快。真是遗憾啊。您平时可是个理智的人呢。"

我的情绪立即缓和了，同时我有些害臊，我把目光从他恼怒的侧脸移开，说：

"您说得对。我笑得没底气。"

除此之外我不打算向他坦白更多。

我们沉默地坐着；我在想自己的惨淡人生，心情忧郁起来。我为自己描绘出法官的家，有舒适的椅子和巨大的书架。

"您大概有个管家太太吧?"我问。

"是啊，为什么这么问?"

"我就是试着想象一下法官的退休人生。"

"哦，也没什么了不起的。无事可做，您知道的，闲着度过长日。"

"是啊，时间就是打发不掉。"

"而且时间就是剩给我们的唯一一样东西了。"

"时间显得太长，或许再加上一个恶疾，让时间变得更长，然后就没了。终于到了这一步的时候，我们就想：这辈子毫无意义啊。"

"嗯，毫无意义……"

"毫无意义。"

他不接话。我们谁都不再多说了。过了一阵子我站起来，虽然我感觉孤独；我不愿与他分享自己的忧郁。

"再见。"我说。

"再见，医生。"

忧郁还是感伤，以及医生一词，在他口中都毫无一丝讽刺之意，为我带来一股穿流过全身的温暖；我蓦地转身，匆匆离开那里。恰在此时此地，我走出公园的那一刻，我明白自己要死了。我不惊讶；顶多是为自己不惊讶而惊讶。一瞬间，忧郁和感伤犹如被吹散。我的步子慢下来；我感到内心之静，默示自己缓下来。

到家之后，我心中仍旧充满了澄澈的宁静，拿出信纸和信封。在信封上我写下"致审过我的法官"。接着我在平时吃饭用的小桌子旁坐下，开始把这个故事写下来。

今天是我最后一次去公园。此时的心情很怪，近于忘乎所以；或许这是因为要把我与法官至今为止的几次相遇写成文字让我感到非同寻常的快乐；但也或许是因为我下定决心后一秒都没有动摇过。今天我到公园时，他也已经坐在那儿了。我感觉，他看上去有些痛苦。我打了招呼，比平时更加友好，很自然的样子。他很快地看了我一眼，仿佛为了探察我是否是认真的。

"呐，"他说，"今天您过得好些?"

"嗯，我这一天不错。您呢?"

"谢谢，挺好。看来您不再觉得生活是毫无意义的了。"

"怎会? 还是那样，根本毫无意义。"

"嗯。如果有这种见解，我根本活不下去。"

"哎呀，您忘了人还有自卫本能，这种本能很坚韧，让有些理智的决断都作废了。"

他对此不致一词。我没打算在这儿坐很久，于是顿了一小会儿后，我说：

"我们不会再见面了。今天我来是为了道别的。"

"是吗? 多可惜呀。您要出远门吗?"

"对。"

"您不再回来了?"

"不回来了。"

"嗯。啊哈。但愿您听了不觉得讨厌，我要说我会怀念我们这几次会面的。"

"您真友善。"

"时间会显得更漫长了。"

"别的凳子上也坐着孤独的人。"

"看得出您明白我的意思。能否问下，您此行要去哪儿?"

据称，知道自己在接下来的二十四小时之内就会死的人会感觉自己无论干什么都是自由的，然而这个说法不对；就算到了这一步，我们还是无法从心所欲，还是要违背本性。这时候，坦白地告诉他实话也并不违背我本性，然而我决定不要将此行的目的地透露给他，毕竟干嘛要吓他呢，他再怎样也算是我死后的唯一一个遗族了。可我该怎么说呢?

"我会给您写信的。"过了不知多久，我说。

我注意到他愣住了，但他什么都没说，反而从胸前的口袋里掏出一个笔记本，稍微翻了翻，然后递给我一张名片。

"谢谢。"我说着把它放进大衣兜里。我感到自己得走了。我站起来。他也一样。他伸过一只手，我握住。

"祝您万事如意。"他说。

"谢谢，也祝您万事如意。别了。"

"别了。"

我走了。我觉得他不会再坐下了，然而没有回身去看。我平静地回家，一路上没思考什么特别的东西。我心中有什么在微笑。回到我的地下室后，我在窗下站了一会儿，向外张望那空旷的道路，接着我在桌子旁坐下，写完这个故事。法官的名片我会放到信封上。

　　现在我写完了，稍等，我还要把这些写好的纸页折在一起，放进信封里。此刻，就在它到来的前一瞬，就在我即将完成人类力所能及的唯一一个不可逆之举的前一瞬，所有念头在一个想法前黯然失色：为什么不早就这样做呢？

蚂　蚱

　　玛丽亚对他评头论足，别人都听得到，这在他看来显得很不合适，让他很生气。他费力控制住自己，省得别人从他身上看出来什么，可当客人们走了之后，玛丽亚说自己累了，他却又开了一瓶酒，往壁炉里添了一块木柴。你不上床睡觉吗？她问。他说他不累，还有兴致再喝一杯。她盯着他看。别让你明早太疲倦，她说。你别管了，他说，仅有这一点儿冲劲儿被他表达出来了。

　　他又独自坐了将近一个钟头。他喝了两杯酒，然后带着酒瓶进厨房，把瓶中剩下的酒倒进水池。他又把瓶子拿进屋，把它放在空杯子旁。

　　第二天早上，他很晚才醒，醒来时一个人。他立刻起来。房子空荡荡的，但早餐桌已经摆好了。暖瓶里的咖啡是温的。他喝了两杯。周日的报纸放在盘子旁边。他拿起报纸去了露台。玛丽亚跪在种草药的花园里，几乎被大丽花丛挡住了；他假装自己没看到她，背对着她坐下。他打开报纸，望向报纸上边：几条树梢，一片暗蓝色的天空。他就这样坐着，直到听到碎石上的脚步声，听到她的声音从背后传来：早上好。他放下报纸，注视她。早上好，他说。她摘下园艺手套，走上台阶。你睡得太香了，她说，我都不想叫醒你。你很晚才睡吗？那之后过了几个钟头吧，他说。这么晚啊？她问。他折起报纸，没有回答，接着说：我想过了，我要去看望爸。可维拉要过来吃饭啊，她说。那时候我就回来了，他说。你回不来的，她说。那我们就晚一个小时吃饭，他说。就因为你突然动了念头，要去看你爸？他不回答。她进屋去了。他站起来跟着她进屋，去拿外套。你根本就什么都没吃，她说。我不饿，他说。他迎上她的目光；她打量着他。你怎么回事儿？她问。没什么，他说。

　　不久之后，他开车出城往R地方向开时，彻底忘乎所以了一会儿，他想：我想干什么就干什么。

　　往R地去的半路上，他下了乡间公路，直开到布氏峡湾尽头。那里有个带露台的小咖啡厅，他要了两个三明治和一杯咖啡，坐在一棵树下，俯视峡湾。他抽了根烟，时不时地看眼表。他又抽了两根烟，然后站起来，慢慢地往车那边走。

　　他沿原路开回，在她们上桌前回到家里。玛丽亚问他爸怎么样，他说，他认不出我了。维拉说，看到自己父亲这么无助的样子，肯定很难受。他点头。他们坐下，他倒上红酒。他们吃牛排，他们谈起家常话，他偶尔参与进去，说句是或者不是；他的思绪总是飘到别处，却不断地给大家续杯。饭快吃完时，玛丽亚想多了解些他父亲的情况，她的问题跟一个挺横的念头对上了，而他正好沉浸于这个念头中，于是他下意识地拒绝道：你怎么突然对我爸这么感兴趣？一阵沉默。然后维拉轻声说：这可不好，雅各布。对，他说，声音差不多一样轻，可不关你事。他拿起自己的杯子，手在颤抖。我想，现在该有个解释吧，玛丽亚说。

他不说话。我不知该作什么想法，她说。他靠到椅背上，注视着她。他说：爸挺好。他什么都感觉不到了，只要看护对他不错，就谁也害不到他了。好吧，他挺好。又沉默了一会儿，然后玛丽亚说：这些你可以直接说的。可以直接说的还多得很呢，他说。你这话又是什么意思？玛丽亚问。有什么意思吗？他问。哎呀天哪，她说，你现在真是不可理喻。她站起来收拾桌子，维拉也站起来时，她说：别别，只管坐着吧。雅各布看到维拉犹豫了一下，然后她拿起盛蔬菜的碗和调味汁壶，跟着玛丽亚进了厨房。雅各布给自己倒上酒，然后站起来，拿着杯子上了露台。他抽了根烟，然后又是一根。杯子空了。维拉走出来。她坐下。好个夏天啊，她说。是啊，他说。不过其实，她说，八月份相当的……八月有些怅然的意味，你不觉得吗，不知怎的有些东西就要结束了。他盯着她，没说话。我小时候，她说，总把八月，特别是八月的夜晚，和蚂蚱联系在一起，和它们的啾啾叫声，真的好喜欢。现在都没有蚂蚱了。没了吗？他问。没了，她说。他看着她；她垂着脑袋，手指在一枚钉子上绕来绕去。他问：你还想喝酒吗？好啊，她说。他进屋去拿了一瓶酒和一个杯子。玛丽亚不在。维拉还以那个姿势坐着，仿佛沉浸在什么想法里，他给她倒满酒，也给自己倒满，站了片刻，俯视她，这时一股暖意蓦然来袭，冲击着他，流经他的全身，他说：你真美啊。我吗？她问。他不回答，坐下。一时一片沉寂，他的内心也是。然后她说：好久没人开口了。能给我一支烟吗？他把烟盒递给她。我以前不知道你抽烟。不抽，她说，我戒了。他给她点上。玛丽亚的声音从门口传来：好了，维拉。嗯，什么，维拉说。雅各布刚在引诱你吗？维拉注视着雅各布，说：多多少少吧。不过我自己决定任他引诱了。玛丽亚走上露台，从桌旁抽出把椅子坐下。雅各布问要不要给她拿个杯子，他感觉又轻松又自在。他去拿了杯子，给她倒上酒。维拉呵出烟圈来。看啊，她说，我还会这样呢。你在玩火，玛丽亚说。是啊，维拉说，我都快忘了那感觉有多好了。你看看，玛丽亚说。维拉又往几近凝固的空气中吹了几个烟圈。这下你可以证明自己的意志了，玛丽亚说。可别说啦，维拉说。她看着雅各布，又说：玛丽亚从来都是大姐大。是啊，我也注意到了，他说。胡说，玛丽亚说。玛丽亚就不玩火，雅各布说。啊，她肯定也玩，维拉说，是不是，玛丽亚？谁都玩。玛丽亚呷了口酒。可以想象，她说，不过我不会烧到自己。雅各布笑了。玛丽亚盯着他。维拉按灭了香烟。天真闷热，玛丽亚说。是啊，维拉说。想想看，现在要下一场真正的暴风雨。闪电要劈进那边那栋难看的房子。好啦维拉，玛丽亚说。雅各布笑了，你觉得好笑吗？玛丽亚问。好笑啊，雅各布说，所以我才笑的。一片沉默，过了很久，然后玛丽亚站起身来。她站了一小会儿，然后走下台阶，去了花园。说些什么吧，维拉说。他什么都不说。他给她斟满酒。我快喝醉了，她说。不要紧，他说，酒就是为了这个的。我看我最好还是走吧，她说。我看你最好别走，他说。我该变得不正经了，她说。尽管喝吧，他说。不正经的姑娘，她说着注视他。他移开目光，却感觉她还在盯着他。你这下怕了，她问。怕倒是不怕，他说。那是什么，她问。玛丽亚从草坪上走过。得给胡萝卜疏疏苗。疏苗？雅各布问。就是除去一些，她说。她走上台来，把三个小西红柿放在桌上。你们尝尝，看有多好，她说。维拉拿了一个。我看我也要找个有花园的老公，她说。是啊，为什么不呢？玛丽亚说。还要一个这样的露台，维拉说，让人下雨时也能坐在外面。我们下雨时从不坐在外面，玛丽亚说。当然坐啦，没问题，雅各布说。下雨时我常坐在这儿。没有，你绝对没坐过，玛丽亚说。怎会，我当然坐过了，雅各布说。我也要这样，维拉说。她把一个西红柿塞到嘴里。跟我老公一起。什么样的老公？玛丽亚问。有花园跟露台的，维拉说。你喝多了，玛丽亚说。当然啦，维拉说。我去煮咖啡，玛丽亚说。她进屋去了。维拉喝了一大口酒。咖啡！她说。雅各布给她倒上酒。谢谢，她说。还要根烟，还有吗。他给了她一根，还给她点上火。下雨的时候你真坐在外边这儿吗？她问。偶尔吧，他说，不过那是好久以前了。这么说不是那样咯，她说。不是那样，他说，不过不能让玛丽亚知道。可你都说她是骗子了。她也不遑多让，她还说我不会坐在这儿。可本来就是啊，维拉说。对，但她又不知道。可能她知道呢，毕竟她了解你，维拉说。她不了解我，雅各布说。玛丽亚走出来，往桌上摆了三个杯子。她盯着维拉，却没说话。她又进屋去了。可怜的玛丽亚，维拉说。雅各布什么都没说。我喝杯咖啡，然后就走，维拉说。他不说话。她按灭香烟。玛丽亚端来咖啡，倒进杯子，然后坐下。雅各布站起来走进客厅，穿过门厅，出屋上路；在那儿站了一小会儿，然后进城去了。

两小时后他回家来了。维拉和玛丽亚坐在客厅里；她们还没开灯。你回来啦，玛丽亚说。嗯，他说。我们刚才还在想你跑哪儿呆着去了，玛丽亚说。买烟去了，他说。一时无声，然后他说：阴天了。是啊，玛丽亚说，我们看见了。我们听到一只蚂蚱在叫，维拉说。啊？雅各布说。他盯着她；她移开目光。他把香烟盒从兜里掏出来。来一根吗？他问。

不了，谢谢，维拉说，我又戒了。他给自己点上一根。还有人想喝啤酒吗？他问。她们不想喝。他走进厨房，拿了一瓶酒，又拿了一个杯子，然后回去坐下。他们谁都没说话。不了，我这就得走了，维拉说。欢迎你留下过夜，玛丽亚说。谢谢，可这不行，维拉说。又没人等你回去，玛丽亚说。对，没人，维拉说。没人等我。你这话说得，好像我要求谁的同情似的。瞎说，玛丽亚说，你不用求谁的同情，你干吗要求呢。是啊，我就是这个意思，所以你别问我要不要留下，反正不会有人等着我。就算有人等着我，我也可以留下。是啊，当然了，玛丽亚说。维拉站起来。你要走？玛丽亚问。我去洗手间，维拉说。雅各布的目光跟随着她。玛丽亚站起来，打开落地灯。结果你就那么消失了，她说。他不接话。她站在亮着的灯旁；他不看她。他听到她的呼吸急促又沉重，接着她说：我快忍受不了了。是啊，啊哈，他说。你没别的话说了，她说。他不说话。上帝啊，你说话啊，她说。雅各布听见楼梯上传来维拉的脚步声。玛丽亚关上灯，坐下。屋里快黑了。维拉走进来，走到敞开的露台门旁，往外面看。雅各布站起来。我最好在下雨前走，维拉说。雅各布穿过门厅，走进客房。他关上门。床铺好了。他往床上望了几秒钟，随后感觉身上一阵战栗。接着他走到窗边。云带离得更近了，把天空从中间分开。他给自己拉来把椅子。他坐在窗前，胳膊肘支在窗台上，望着窗外的阴霾。过了一会儿，他听见门厅里有声音，然后门响了。他一动不动。突然间风掠过窗前树上的叶子，片刻之后下起雨来。她还是赶上了，他想。他仔细听房子里的响动，却只听到雨声。这时已经完全暗下来了。随后一下子亮起来，几秒钟后听到雷声。这下玛丽亚该害怕了，他想。又是几道闪电，一阵阵雷鸣；他数着秒数；间隔越来越短。这下她害怕了，他想。他站起来走到门边，开了一条缝，侧着耳朵听。就这样他站了一会儿，然后穿过门厅，回到客厅。玛丽亚不在那里。他上楼进了卧室。她躺在床上，被子蒙着头。玛丽亚，他说。她推开被子，一身衣服都穿着。我好害怕，她说。不用害怕，他说。我以为你走了，她说。他走到窗边。别站在那儿，求你。他看着她的窗影。这不危险，他说，我们有避雷针。我知道，她说，但我还是害怕，你站在那儿我就更怕。他往回走了几步；他还看得见她。她下了床。现在这事可以过去了，他说。我以为你走了，她说。我能去哪儿呢，他说。

看不见的人

贝恩纳德·L回自己老家参加父亲的葬礼时，玛丽昂相当笨拙地拥抱了他一下。这是个炎热的下午，她腋下是大片的汗渍。你还是来啦，她说。他说，这一路很累，他想去换衣服。她已经把顶层那间屋子给他准备好了。窗户开着，阳光斜洒在地板上。他脱光了衣服，躺到床上。他自慰，试着召唤出方才在狭窄的火车车厢中让他性奋异常的那幅幻想图景，却没有成功。后来他听到玛丽昂上楼来了，于是飞快地穿好衣服。外面路上的声音穿过窗户。玛丽昂又下楼去了。他打开壁橱的门，把黑色的西服挂进去。

晚些时候，他下楼找玛丽昂时，她正哭泣着坐在客厅里。他猜她没听到他过来，却也不确定，因为她一副在干禁忌的事时被捉住了的样子。他不知道该说什么。他走到窗边，望向房子后面的小花园。你爱他，他说。一只小黑猫跃上篱笆。我本来可以对他更好些的，她说。可你照顾过他，他说。猫又接着从篱笆跃上旧自行车棚的棚顶。她说：他有时候那么……但那是因为他疼啊……有时候我真希望……我实在良心有愧啊。他点了根烟。我确实没想过他会死，她说。他问，是怎么死的。过了一

131

刻她才回答。他把烟灰弹进一个花盆。他当时坐在那儿的一个沙发里，她说。我那时候在厨房。他说要我过去给他读报。我说，我饭刚做了一半。他说他不饿。可我饿，我说。接着就安静了一阵子，然后他说：你快过来。我没应声，我那时正生他的气。又过了一会儿他喊我的名字，更像是说我的名字，反正声音不很大。可我两三分钟之后才过去，那时他已经死了。

贝恩纳德看见父亲就在眼前，却毫无触动。玛丽昂又哭了起来。他四处搜寻烟灰缸，烟已经抽完了。他走进厨房，把烟头扔进水池，接着喝了一杯水。门铃响了。玛丽昂请他去开门。是一个女人。她看着他说：你肯定是玛丽昂的哥哥。对，他说。她在他前面走进客厅。玛丽昂不在，他猜她在厨房洗脸上的泪痕。这个女人伸手给他握，手上很潮，他却不觉得不舒服。我叫卡米拉，她说。贝恩纳德，他说，我去找玛丽昂。她已经过来了。他在她们身后站了一会儿，观察她们；她们看起来哪个方面都大不一样，他无法理解她们怎么会打交道。卡米拉背对他站着，她的衣服紧绷在身上，他想：玛丽昂不知道自己只是被利用了吗？他随即把这个念头抛开。卡米拉朝他转过身，说了些什么。他回答了。她笑起来，垂下目光。她是来谈正事的，他想。玛丽昂说了半句话，就进厨房去了。他开了扇窗。坐吧，他说。她坐下了。你过来，玛丽昂肯定很高兴，她说。他笑了。他坐到她对面。他问她认不认识自己父亲。她讲了很长一段话作为回答，说的时候轮流看着自己的双手和他。她认识他父亲，但不怎么熟。她坐得很靠前，坐在椅子边缘上，双膝并拢，双手交叠放在大腿上。他给她递了根烟，又点上火。他琢磨着，他们俩中谁应该第一个注意到这儿没有烟灰缸。最后他说：我去拿个烟灰缸。他走进厨房。玛丽昂正往一个盘子里放面包。她给了他一个特别小的烟灰缸。有没有大一些的，他说。老天啊，有，她说着递给他一个大一些的。他回到客厅。他问卡米拉是怎么跟玛丽昂认识的。她告诉了他。玛丽昂进来，往桌子上铺了一块白布。我帮你，卡米拉说，却没站起来。不用了，玛丽昂说。她摆好桌子，然后他们吃东西。卡米拉和玛丽昂谈起一位生了个脊柱开裂婴儿的女友。这时候七点。贝恩纳德注意到卡米拉时不时朝他瞄上一眼。他在脑海里描绘着她的样子。后来一只黄蜂飞了进来，停在一块面包上，卡米拉转而站起来走到房间中央。她说，她对黄蜂刺过敏。玛丽昂拿起一个奶酪面包，拍在落了黄蜂的那块面包上。贝恩纳德笑了。玛丽昂走到窗边，把两块面包都扔出去。好了，她说。贝恩纳德又笑起来。玛丽昂和卡米拉坐下。大家吃吧，玛丽昂说，贝恩纳德看出她好像挺高兴。卡米拉说，上回她被蜇了后不得不进医院。吃吧，贝恩纳德，玛丽昂说。他说他吃饱了。他站起来，走进门厅，然后上楼。玛丽昂卧室的门关着，他把它打开，在门槛上站定，看着屋里。床还没铺好，衣服放在几把椅子的靠背上。柜子上放着一张带框的放大照片；父亲和母亲站在房前的台阶上，满脸笑容。他关上门，又下楼去了。

晚些时候，卡米拉要走了。贝恩纳德上楼进到顶层的房间。他从窗户探出身子时，可以直接俯视房前的台阶。卡米拉站在外面，面朝着房门；他只能看到她的头发和身体的一小部分。玛丽昂在说话，他听不到说的是什么。不不，根本不是，卡米拉说。她走下台阶，低着头斜穿过马路，消失在钟表店和面包房之间的小巷里。发情的母狗，他心说。他在柜橱上的镜子中对上自己的目光，直视了一会儿，相当长的一会儿，他的双眼开始露出笑意，然后他说：没错。发情的母狗。

他把鞋从脚上甩下来，扑倒在床上，却又立即站了起来，走到门口，弯下腰往锁眼外看。他看到楼梯口和过去父母睡觉那间屋子的门。他重新躺下。窗外几乎没有任何响动，只有汽车偶尔驶过。现在是七点五十分。他想：我得请她再给我一个枕头。他点上烟。屋里没有烟灰缸。他把一只鞋放到床头柜上，鞋跟朝上。我大概还是得下楼去找她，他想。毕竟是为了她才过来的。虽然这样，我还是得请她再给我一个枕头，还要一个烟灰缸。没准儿她就坐在楼下等着我。没准儿她觉得自己不能出门，因为我在。他把烟灰弹到鞋跟上。接着他听到门响的声音，随后是楼梯上的脚步声。他迅速跑到门口，朝锁眼外看。她穿过他的视野范围时，他清楚地看到她，他观察到她转过头，直冲着他的方向看。

晚些时候他下楼去。他走得很轻，倒也没蹑手蹑脚。

他走进屋后的花园，坐到熟铁圆桌旁一把涂成绿色的折椅上。过了一会儿，他发现万籁俱寂；什么东西都不动，一丝声响都没有。猛然间他感到一阵孤寂苍凉，仿佛被囚禁了似的，于是他站起来。他从狭窄的花畦和更窄的菜畦间走过，来到篱笆旁。他站在那儿，背靠着篱笆，仰望房子，想：我在这儿什么都没失去。这一刻他看到了玛丽昂；她站在客厅里，离窗户有段距离；她看着他。她不能肯定我看到了她，他想，然后让自己的目光继续游移。接着他蹲下身去，开始拔萝卜间的杂草，同时偷瞄房门。她没过来。看来她觉得我没看到她，他想。他继续除草，一段时间后，看着自己双手间逐渐成型的、干净整齐的微型田，他有了种满足感，类似某种快乐。他不再偷瞄房门了，就算她真的来了，他也在忙，还有一整块菜畦要除草。

他刚干到生菜那里，玛丽昂跟一个男人出来了，那个男的手里拿着瓶葡萄酒。玛丽昂拿了三个杯子。贝恩纳德挺直腰，玛丽昂说，这是奥斯卡。她把杯子放到圆桌上。贝恩纳德朝奥斯卡点点头，然后去花园的水龙头那儿洗手。他有种束手束脚的感觉。玛丽昂倒上酒。贝恩纳德抖掉手指上的水，走到桌子旁。奥斯卡伸过手来。我手湿，贝恩纳德说。没关系，奥斯卡说。这人是专门开车的，贝恩纳德想。干杯，玛丽昂说。他们喝酒。奥斯卡脱下外套，他双臂上长满鬈曲的黑毛。奥斯卡和我要结婚了，玛丽昂说。恭喜，贝恩纳德说。他试着想象他们两个的样子，却想不出来。奥斯卡在警察局工作，玛丽昂说。惨啦，贝恩纳德说。奥斯卡露出笑容。看来丧事来得正是时候，贝恩纳德想。他看着奥斯卡，说：我第一次跟警察喝酒。多美好的夜晚，玛丽昂说。你的蔬菜需要水分，贝恩纳德说。不幸，玛丽昂说。预报说之后还是晴天，奥斯卡说。我会去浇水，贝恩纳德说。他们喝酒。贝恩纳德抽烟。奥斯卡讲起 位同事的小艇被偷了的事。贝恩纳德的酒喝完了，玛丽昂给他续上。他站起来进屋去了，上楼进了自己的房间。他站在屋子正中，让时间慢慢流走，然后又下楼。他坐下，喝了一大口酒，给自己点上根烟。玛丽昂和奥斯卡在聊天。不能忘了向她再要一个枕头，贝恩纳德想。接着他又想：我不去参加葬礼了。这个想法一而再再而三地涌上心头。玛丽昂站起来。我只是要……她说。能不能再给我一个枕头？贝恩纳德说。行啊，当然可以。她进屋去了。奥斯卡挠了挠自己的胳膊。你们认识很久了吗？贝恩纳德问。有八个月了，奥斯卡说。那你见过我父亲了？对。还好？不，并不好。他那时候病了。除了玛丽昂，他没有特别想见的人。对，当然还有你。贝恩纳德笑了。我，他说。玛丽昂又出来了，她肩上披了件外套。贝恩纳德站起来。他走到旧自行车棚那边；那儿过去一直有个喷壶。现在还在。他用水龙头给它灌上水，往菜畦那边走去。他听不到玛丽昂和奥斯卡在说什么。萝卜周围的土地颜色深了。他想：他肯定是个残酷的人。突然，火车里幻想中的那一幕又清晰地浮现在他眼前，卡米拉进入了那个画面，取代了无名女子。他想带着这一幕上楼回房，在那之前先要迅速地把喷壶送回车棚。玛丽昂说：我们得谈谈明天的事，贝恩纳德。明天？对，我邀请了几位客人在葬礼之后来咱们家，我希望你没意见。没有，贝恩纳德说，可能大家都这么干。他走到车棚边，放下喷壶，点了根烟，回到桌子旁坐下。玛丽昂和奥斯卡在聊天。酒杯是满的，他喝酒。天色暗了，他们的面孔看不清楚了，他感觉自己都快让人看不到了。近乎自由的感觉。

晚些时候，玛丽昂和奥斯卡进屋去了。贝恩纳德还坐在那儿，抽烟，小口喝酒。他想：这么黑多好啊。突然间他感觉右腿被什么轻轻按了一下，吓了一跳，很轻地叫了一声。酒从他手中的酒杯里溅出来，虽然他几乎同一时刻就看清了，是只猫贴在他的裤腿上，这阵惊恐还是没有过去，就像受了屈辱似的，他抬脚朝那猫踩去，听到自己踩中了。他把椅子往后挪了挪，站起身来，一动不动地等了片刻，然后抬起脚，在房前铺了石板的小路上走来走去。他在心中重复自己的名字，一遍又一遍，就像一道咒语，让他逐渐平静下来。他在敞开的客厅窗户下站定，侧耳倾听响动，然而一片寂静。他走到房子的北侧，拉起朝着街道的大门栓，走了出去。他斜穿过马路，走进钟表店和面包房间的巷子，在那儿站住，目光扫过一排靠在一起的老房子。接着他转身原路返回。母狗，他心说。发情的母狗，母狗，母狗。他穿过大门，给自己点了一根烟。邻家房子敞开的窗子里传出音乐。抽了一半的烟掉到地上，他想：不能忘了烟灰缸的事。他穿过客厅走进厨房。玛丽昂在熨一件白衬衫。他怕她打算跟他聊天，于是说，他累了，想上床睡觉。她笑眯眯地看着他。你感觉不太舒服吧，是吗？她问。没有，他说，我就是累了。他请她给自己一个烟灰缸。她递给他一个，说，她又往他床上放了个枕头。他把食指放在她小臂上，她注视他，都快一脸祈求相了，他想。然后他说了晚安，走了。

第二天，葬礼过程中，他坐在玛丽昂和他父亲的侄子古斯塔夫之间。玛丽昂手里拿着一块手绢，却没用。牧师追忆起一位有责任心的父亲，描述其遗族的悲伤，这种悲伤可能会被时间缓和，却永世不会消散，因为这是血缘的纽带、爱的法则。最后一曲圣歌唱毕，贝恩纳德飞快地走出小教堂，走到街上。他给自己点了根烟。烟盒里只剩三根了，于是他想：我得记着去买新的。过了一会儿，玛丽昂跟奥斯卡和卡米拉一起出来了。贝恩纳德望向别处。他在想，前一天晚上自己在房间里是如何对待卡米拉的；她想保护自己，他让她屈服了。他沿着人行道走。玛丽昂喊他。他站住脚步，转身。你可以坐卡米拉的车走，她说。我得去买烟，他说。我会打出租的。她盯着他。随你，她说。他笑了。笑什么，她问。没什么,他说。他继续沿着人行道走。随你,他心说。随你,随你。到了一家杂货店门口,他站住,去买了两包烟,接着挥手打了辆车。司机从后视镜里打量他,过了一会儿对他说:工作日上过个节?对,他说。婚礼?嗯,我妹妹要结婚了。哦,那大概得敲锣打鼓庆祝一下,是不?是啊,敲锣打鼓。贝恩纳德使劲儿往车门上出溜,让司机的眼睛从后视镜中消失。他把黑领结解下来塞到兜里,然后把衬衫最上边的扣子松开。请在这儿停车,他说。我还得去买烟。最后那段路我自己走。他付了钱。司机祝他在婚礼上玩得愉快。贝恩纳德笑了。谢谢,他说。

客人们都到了。还有几位走到贝恩纳德跟前,自我介绍后表示哀悼。他们说话声音很轻,目光忧郁。贝恩纳德点了根烟,玛丽昂朝他笑笑。随后她请所有人落座。贝恩纳德在最小的桌子旁坐下。他母亲的妹妹夏洛特坐到他旁边。我想坐你这儿,她说。啊哈,他说。玛丽昂和卡米拉倒咖啡。烟灰缸放在桌上,他按灭烟。对,对,夏洛特说。贝恩纳德把放开口三明治的盘子端给她。哎呀,熏鲑鱼,她说,我特别喜欢。快拿两块,贝恩纳德说。卡米拉走到桌子旁,在他对面坐下。可以这样吗?夏洛特问。当然可以,贝恩纳德说。那我就拿了,她说。她吃吃笑了。喜欢什么就该拿什么,贝恩纳德说着把盘子放在卡米拉面前。他看着她,迎上她的目光,她微微笑了。他想:你要是知道就好了。他们开吃。知道吗,贝恩纳德,夏洛特说,现在我就是整个家族里最大的了。确实,贝恩纳德说。下一个就轮到我了,她说。他没接话。夏洛特把手放到他胳膊上。不要以为我觉得这样很糟,她说。啊哈,好,他说。他往四周看看。现在没人一脸阴云了。他又把盘子端给夏洛特。这是我今年参加的第四个葬礼了，她说。还包括我家虎皮鹦鹉的。贝恩纳德笑了。虎皮鹦鹉？他问。是啊，它俩一个月前死了。一只母的，一只公的，后来下了蛋，之后它俩把蛋吃了，然后就死了。因为它们吃了蛋？他问。我猜是的，她说。吃自己的孩子是有违自然的。贝恩纳德笑了。没准儿它俩有亲戚关系吧，他说。谁？她问。那两只虎皮鹦鹉，他说。为什么呢？她问。就这么一说，他说。他似乎注意到卡米拉在看他，飞快地把目光移向她，快得让她来不及看别处。他微微笑了，她回以一笑。下次我要看她的胸，他想。玛丽昂站起来，用勺子敲咖啡杯。她说，自己不想致辞，只想感谢大家光临，以用最简单的方式缅怀她的父亲。她不想描述自己在这样一个日子有何感触，因为一开口她就只能痛哭失声。但她要再次感谢大家，希望这些小吃能够合诸位胃口。她重新坐下，客人们对着面前的盘子沉默了几秒钟，大多低垂着脑袋。然后他们继续吃。讲得多好啊，夏洛特说。你不也吃些东西吗？不！他说得又响亮又简短，使得夏洛特和卡米拉都盯着他。他感觉自己的脸僵了，把抽了一半的烟按灭在烟灰缸里。夏洛特用手抚上他的胳膊，他把胳膊抽走。他又点了根烟。他默念自己的名字，一遍又一遍。卡米拉偏坐着，盯着自己的盘子。好，好，夏洛特说。贝恩纳德徒劳地搜肠刮肚，找一些能说的话。他拿起盘子，递到夏洛特面前。不用了，笑笑，贝恩纳德，她说，我已经吃饱了。她这话说得轻柔友善至极，让他感觉心中一动。然后他突然想起了小时候常听她说的一条处世准则，于是转向她：还记得吗……你过去有句话，好像是条准则，我小时候，你安慰我的时候总是引用这句话，开头是叹息吧，心灵……你还记得吗？夏洛特露出笑容。对，对，我还记得。叹息吧，心灵，但尚不要破碎，你有位良友，但你不知道。不过你知道，这大概……我那时太年轻了……这或许主要是说来安慰我自己的。那是我住在你们这儿时候的事，那时候你，我想想，你那是多大呢，你在上三年级。你在我们这儿住过，在这儿？贝恩纳德问。是啊，住了半年呢。我都不记得了，贝恩纳德说。奇怪，夏洛特说，你那时候肯定得有九岁了。那时的事我差不多忘光了，贝恩纳德说。他点了根烟。好吧，夏洛特说，我兴起，也想抽根烟。我很少抽烟的。他把烟盒递给她，然后又给她点上火。你也来根吗？他问卡米拉。那就多谢了，她说。他给她点火时，她看着他。他移开目光。发情的母狗，他想，等着吧。卡米拉问：你要在这儿呆多久？明天走，他说，接着他又加上一句：我也不清楚。然后他想：就是现在！——于是看了她的乳房。随后他把椅子往后挪，起身。他谁也不看，把椅子搬回原地，走了。做到了，他想，做到了。他上楼回房，脱下黑西服，躺到床上，用暴力占有了她。

贝恩纳德从一场梦中醒来。太阳斜挂在窗上。他穿上衣服，打开门。一片静谧。他走下楼梯。通往花园的门关着，他打开门，走出去。空气凝固，但东方的山顶上悬着一大块云朵。他在熟铁小桌旁坐下，观察那块云。云没有靠近。他想：就仿佛一切都跟过去一样，仿佛什么都没有发生过。

半晌后，他还坐在那儿观望着那朵不曾靠近的云，听到身后的脚步声。是玛丽昂。哎呀，你坐在这儿啊，她说。那儿那朵云现在已经在同一位置悬了半个小时，他说。下点儿雨也根本没什么不好，她说。它不动，他说。玛丽昂把一根手指塞进嘴里，又举到空中。没有风，她说。

一时间他们都不说话。想来点儿什么吗？玛丽昂问。来什么？他问。一杯葡萄酒？玛丽昂问。好啊，他说。她进屋去。他把一根手指塞进嘴里，又举到空中。她肯定有话要说，他想。她拿着一瓶酒和两个高脚杯出来了。杯子好漂亮，他说。奥斯卡送我的，她说。我绝不要谈奥斯卡的事，他想。他们喝酒。贝恩纳德给自己点了根烟。你突然就从席上消失了，玛丽昂说，有事吗？没有，他说，我不过是突然间头疼得特别厉害。夏洛特姨妈让我好好问候你，玛丽昂说。他笑了。接着他说：她说了，她是整个家族里岁数最大的，下一个要死的就轮到她了，她去了一场又一场葬礼，还说她的虎皮鹦鹉死了，因为它们吃了自己下的蛋。玛丽昂露出笑容。她很漂亮，他想，她跟妈妈很像。贝恩纳德说：她非说自己在这儿住了半年之久，在妈生病的时候。是啊，当然没错，玛丽昂说，那是我开始上学的那年。妈妈住院了。她到底怎么了？我记不太清了，跟神经有关。奇怪，我不记得了，贝恩纳德说。你大概不想念她，玛丽昂说。他不回话。他喝酒。玛丽昂给他续上。你常常头疼吗？她问。不常，他说，虽然说，有时候吧。他把烟扔开，点上一根新的。看，那儿，那朵云还是一直不动。卡米拉说，明天你就要走了，玛丽昂说。对，他说。多遗憾啊，她说。我得回去工作了，他说。他喝酒。好酒，他说。片刻后，他偷偷摸摸地看向她；她低头看着膝盖，不易察觉地摇了摇头。过了一会儿她眼也不抬地说：你不想说话，是不？我在说话啊，他说。你知道我指的是什么，她说。他不回答。你回家来我很高兴，她说，但你可能都没看出来。他不说话。他不知道该说什么。后来他说：我就是为了你才来的。我以为……他站起来。别走，玛丽昂说。我不走，他说。

你以为什么？她问。他不回答。过了一会儿，他说：我改不了，我就现在这个样子，如你所见。假使说我要杀了什么人，我就控制不了，不过我谁也不杀，因为我不是那样的人。所有我会干的，我都干，因为我就是这样，如你所见，我之所以这样，不是我的责任。其他人想说什么就说什么，无所谓。你懂吗？他拿起杯子喝了一口，接着给自己点了根烟。他走到花畦那边，在那儿看了看干燥的土地。然后他望向山顶的云；他觉得那块云变小了。他转向玛丽昂；她探着身子坐在那儿，在桌上把杯子来回转个不停。他走过去坐下。我有时候也会失去自制力，玛丽昂说。是啊，他说。不过现在开始就好了。她盯着他。我的意思是，现在，既然爸死了。什么啊，贝恩纳德！她说。他笑了。好啦好啦，行，他说，我们不说这个了。我要去给花浇浇水。

后来，吃饭的时候，刮风了，吹得窗帘飘了起来，他们吃完饭站起来时，打闪电了。贝恩纳德走进花园。太阳照着，可北边的天空黑了，他听到了远方的雷声。他在熟铁小桌旁坐下，脸朝着北方，等着雨来。又一道闪电颤过，他想：可这不可能啊，大晴天不可能有闪电。同一刻玛丽昂喊他的名字。她站在门里。我去卡米拉家串个门，她说，你就呆在这儿？他点头。她招下手走了。几分钟后，他站起来，进屋。他喊她的名字。然后他走上楼梯，进了玛丽昂的房间。床铺好了，椅背上不搭着衣服了。他走到柜子旁，端详父母的照片。他想：相对于妈，我跟他更像。他在照片前又站了一会儿，他感觉心中有什么东西，他猜这种东西会蔓延扩大，可它没有。后来他抽出最上边的抽屉，往里面看了看，又把它推回去。他就是随手这么做了，对下面一个和倒数第二个抽

142

屉也一样。最下面的抽屉锁着。钥匙没插在锁孔里。他把倒数第二个抽屉完全抽出来，放到地上，看到了一个笔记本、用绳子绕起来的一捆信、两个小盒子、一本记事日历和一个眼镜盒。靠边再些许往右的地方放着一个日记本。他伸出手拿起那些信；都是寄给父亲的，他又把它们放回去。他朝开着的门望望，仔细听了听，然后拿起笔记本，翻开。里面夹了七张一千欧元的纸币，没别的了。他把笔记本放回去，跟原来的位置丝毫不差。他拿出日记本；下面放着一本色情杂志。他翻开日记本，是玛丽昂的。他又把它放回去，从地上端起倒数第二个抽屉，手里端着它站了一会儿，里面都是内衣，然后他又把抽屉放下。他拿出那个日记本，往后翻到她的最新一篇。周三，八月十七日。没想到贝恩纳德来了。他让我感到十分遗憾，虽说我其实也不知道原因。他问起了奥斯卡和卡米拉两人，问他们过去跟爸有多熟。卡米拉说，有些时候，比方说他笑的时候，有某种近乎阴森的东西会显露出来，不过奥斯卡觉得他看上去就跟普通人一样。他或许是想让我放心吧。

贝恩纳德合上日记本，把它放回去，让它把那本色情杂志完全盖住，接着把倒数第二个抽屉重新塞进去，飞快地出去下了楼梯。他在门厅中站定，点了根烟。他打开房门，出去，走到门口的台阶。就跟普通人一样，他想。接着他想：他们看不到我，谁也看不到我。过了一阵子，几个少年从街那头过来；他丢开烟，径直穿过房子，走进花园，在那张熟铁桌子旁坐下。她肯定要带卡米拉来，他想，这样她就不用跟我独处了。

她很晚才回来，太阳都落山了，他把菜畦里的杂草差不多除干净了。除草让他平静下来，他的思绪走上了平和的岔道，远离此时此地，听到她过来后，他抬起眼睛，露出笑脸。她来到他身边，离他很近。干得真漂亮啊，她用轻柔和煦的声音说，他感到心中涌起一股暖流。是啊，他说。她站着不动，却不再说话。暖流在回荡。他无法抬眼看她。我马上就干完了，他说。好，她说，然后走了。

他在水龙头旁洗手时，她又出来了。她拿着一瓶酒和两个高脚杯。他们坐在暮色中小口呷酒，漫无目的地闲聊。夜色降临。没有下雨，贝恩纳德说。没关系，玛丽昂说，你已经浇过水了。对，他说。他看着她，她的面孔几乎被黑暗抹去。她说：天渐渐凉了。我想要进屋去了。你要待在这儿？他点头。再坐一会儿，他说。

一个好地方

"你不开得快点儿?"她问。

"不。"他说。

过了一阵子,他拐出乡村公路,开上狭窄弯曲的车行道,这条道通往峡湾。

"比起上次,这儿变得绿多了。"她说。

"是。"他说。

"不知怎的,这路显得更窄了。"她说。

"我开得不快。"他说。

他把车停到一棵常停的大橡树底下,快到那儿的时候,她说,如果有异常,她会感觉到的。他们来消夏屋时她总说这话,他不接话。或许她也能说对一次吧,他想。

他停了车,帮她背上最轻的背包。

"直接过去吧。"他说。

"我等着你。"她说。

"我会赶上你的。"他说。

他在荒草丛生的斜道上赶上了她。她在等他。

"沉吗?"他问。

"不沉。"她说。

他们往前走。几分钟后脚下的消夏屋映入眼帘。他一直走在后面；她总走在几米前。她推开栅栏上的门，然后说：

"有人来过这儿。"

"是吗?"他说。

"我之前在栅栏的柱子上放了块石头，"她说，"现在石头不见了。"

"是，是，"他说，"那是有人把它拿走了。是块特殊的石头吗?"

"不是，"她说，"很常见的。"

他推上身后的栅栏门。

"我不希望有人来过。"她说。

他不说话。他看到苹果树开花了。

"看那苹果树。"他说。

"是啊，"她说，"不是很漂亮吗。"

他们走到门口了。她取下背包。他走到她那边，把提包放到她的背包旁，从兜里拿出钥匙。

"你想开门吗?"他问。

"你开吧。"她说。

他打开门，进屋。他把背包放在厨房的地上，接着进了房间。他打开一扇窗子，望向峡湾。她喊他。他出去找她。

"能不能劳你驾，把旗子升起来?"她说。

"现在吗?"他问。

"我希望别人看得出我们在这儿。"

他看着她,然后拿起提包,又走进屋。他从门厅的柜子抽屉里取出旗子。

"爸爸总是一上来就干这个,"她说,"升旗。"

"是,"他说,"我知道。"

"你并没有意见,是不是?"

"你看,我都把它拿来了,"他说。

他往旗杆走去。

* * *

他们坐在厨房的桌子旁,饭已经吃过了。她望向窗外,仰望繁茂的森林。

"这儿不是个好地方吗。"她说。

"确实。"他说。

"我想,谁都没有这么好的地方。"她说。

他不说话。

"我感觉,要能把森林边上那一整片灌木去掉了才好。"

"为什么要这样呢?"他问。

"因为那太……看不到后面有什么了。"

"那已经不在我们的地产中了。"他说。

"是，"她说，"虽然如此，爸总是把那灌木去掉的。"

他们沉默地坐了一会儿。

"明天我们准备做什么？"她问。

"我们应该准备做什么吗？"他问。

"不，我也不知道，"她说，"划划船。没准儿去奥尔默亚[1]。"

"这儿已经够好了。"他说。

"当然了。好，那我们就呆在这儿，怎样？再说要干的也够多了。"

"明天我们休息一下。"他说。

"可是厕所得清一下。"她说。

"不用着急。"他说。

"是，可必须得清。"

他们一同站在船坞的水泥地上，阳光直射下来。

"我多么喜欢这地方啊。"她说。

他不说话。

"那儿，我过去就在那儿落过一次水。"

"嗯，"他说，"你给我讲过。"

"我那时大概四岁。"她说。

"五岁。"他说。

"对，有可能。我的脑袋磕到了那边儿的一块石头上，耳朵上边撕

---

1 奥斯陆峡湾中一个岛屿。

裂了一道深口子，要是爸没有——那是什么？"

"好像是动物在叫。"他说。

"是人的喊声。"她说。

"不对，听上去更像动物。"

"我们进屋吧。"她说。

他们往房子那边走。

"我们不能忘了降旗。"她说。

"没必要。"他说。

"过去我们一直那么干的。"她说。

"是，"他说，"我知道。"

"有规矩的，我们必须得照规矩这么做。"她说。

"我知道。"他说。

"我希望你降旗，马丁。不然我就自己干。"

"好啦，好啦，我会降的。"

他进屋后，说：

"我去给我们开一瓶葡萄酒。"

"好，开吧。"她说。

她在长沙发上坐下。他把酒倒进她的杯子。

"谢谢，够了。"她说。

他给自己倒了一倍之多，在窗边坐下。

"爸过去老坐在那儿。"她说。

"对，你给我讲过，"他说，"你妈过去常坐在哪儿？"

149

"我妈？她……问这个干吗？"

"就是想知道。干杯。"

"我想她总是坐在这儿，这张长沙发上。"

她小饮一口。他们静静地坐着。他把椅子往后挪了挪，这样不转头就能看到峡湾了。他喝酒。

"多安静啊。"她说。

他不说话，然后说：

"山下的海岬上站着个男人。"

她站起来，走到窗边。

"他在往这儿看。"她说。

她把窗户打开。

"你干吗开窗？"他问。

"让他看到有人在这儿。"

"那又怎样？"他问。

"这样他就不会靠近了。你看，他现在走了。"

她关上窗户，重新坐下。

他看着她。

"你干吗那样瞧我？"她问。

"就是看看你，"他说，"干杯。"

他喝干酒，站起来，走到桌子旁，给自己续上酒。

"你锁门了吗？"她问。

"没有。"他说。

"能不能去锁上。"她说。

"等我们上床睡觉的时候，"他说，"我们每次都是上床的时候锁门。"

"就今晚不同。"她说。

"为什么呢?"

她不回答。他走进门厅，打开门，望向栅栏和山上的森林，然后又把门关上，转动钥匙。他在半明半暗的门厅里站了几秒钟，听到的只有自己的呼吸。

"马丁?"她问。

他进屋，走向她。

"我以为你出去了。"她说。

他不说话。他拿起杯子喝了一口酒。她看了眼钟。

"我看我要马上上床睡觉去了。"她说。

"好，去吧。"他说。

"你不去?"她问。

"现在还不去。坐在这儿看外边的峡湾挺好的。"

"对，你说是吧?"她说，"没错吧，这儿是个好地方。"

"当然了。"他说。

他注视着她。

"我感觉你这样盯着我挺奇怪的。"她说。

"是吗?"他问。

她抓起自己的杯子，喝完酒。

"抱歉，我太累了，"她说，"肯定是因为空气新鲜。"

"是，"他说，"尽管上床去吧。"

她睡了。他脱下衣服，钻进被窝。她背对着他躺着。过了一会儿，他把手放到她屁股上。她轻轻叹了一口气。他的手就这么放着。他感到自己的阴茎胀大了。他把手略微往下挪了挪。她的身体像被电了似的一抽。他缩回手，转过身去。

他去了山上停车的位置，拿了个滑轮。下山回去的路上，他在栅栏旁站了一会儿，端详房子和地产。接着他捡起一块石头，把它放到栅栏的侧柱上。他走到房子的正面，又来到小船库旁。她躺在木板走道上读书。他把滑轮的绳子挂到屋顶折页下的一个钩子上，然后坐下身去，靠在墙上，眺望峡湾。几分钟后他走到她身边。她抬起眼睛，笑了。

"不漂亮吗？"她问。

"你说什么？"他问。

"这儿。"她说。

"当然了。"他说。

"你干吗不把另一块垫子也拿过来，也躺下来晒晒日光浴。"她说。

他不说话。他仰望房子，说：

"燕子还没来呢。"

"它们随时都可能过来，"她说，"一直是这个时候来。"

"如果它们来的话。"他说。

"肯定要来。它们总是来的。有次爸还看到它们是怎么飞来的。它们直接就飞到了前一年那片瓦的下边。"

"对，你给我讲过。"

"过去人们相信，如果有燕子在一栋房子上筑巢，就会给这房子里住的人带来好运。"

"对。"他说。

他往房子那边去了。

他将一把躺椅搬到苹果树旁边，躺上去靠着椅背，仰望森林。突然他听到她喊自己的名字，很响，仿佛出了什么事。他站起来，回到木板过道那儿。她笔直地坐在这儿，背对着峡湾。

"怎么啦？"他问。

她招手让他走近些。

"他又来啦，那个男的，在海岬上。"

"然后呢？"他问。

"我喊你名字，这样他就知道我不是一个人。"

他盯着她。

"你怕他过来对你做什么吗？"他问。

"你说什么啊，马丁。"她说。

他继续盯着她，然后转过身，往房子后面去了。

他们吃了饭。西边的天上酝酿出一道云幕，掩住了低垂的太阳。她坐在长沙发上读书，他站在窗前，眺望峡湾。

"我去给咱们开瓶酒。"他说。

"好，"她说，"去吧。"

他打开酒瓶的木塞，把瓶子和两个杯子一同放在她面前的桌上。他给她倒上满满一杯。

"这么多！"她说。

"是啊。"他说。

他拿起自己的杯子，在窗边的椅子上坐下。

"看来你喜欢坐在那儿。"她说。

"是啊。"他说。

她接着读书。过了一会儿，她抬起眼说：

"你降旗了吗？"

"降了。"他说。

"真的吗？"她问。

"没有。"他说。

"那你干吗说降了？"她问。

他不说话。然后他说：

"明天我开车进城，去买一面三角旗。"

"别，别买三角旗，那太……我们从没用过三角旗。"

他不说话。

她把书从手中放下，站起身走进厨房。他听到她打开外面那道门，又把它关上，然后就清静了。他喝了一大口酒，接着又是一大口。他走到桌旁，往自己的杯里斟满酒，坐下，眺望峡湾。后来门响了。他听见她拉开柜橱的抽屉，接着又把它关上。她进屋来，在长沙发上坐下。

"干杯。"她说。

"干杯。"他说。

他们饮酒。

"我把旗子降了，"她说，"抱歉，我表现得跟你得每天降旗似的。"她说。

他不说话。

"你平常都会去降旗的，"她说，"我原本不知道你不喜欢这么做。"

他不说话。

"知道吗，"她说，"我还从没降过旗呢。过去都是爸去。后来是你。我还没一个人在这儿呆过呢。"

"哦，我知道。"他说。

他们沉默地坐了好一阵子。她读书。他喝光了自己那杯酒，又续上一杯。这时她放下书。

"我看我有点累了，"她说，"几点了？"

"十点十分。"他说。

"难怪了，"她说，"我很早就起床了。"

"我也要上床了。"他说。

"我看你大可以在这儿多坐一会儿。"她说。

她站起来。

"啊哈，"他说，"那我就再呆一小会儿。"

"我的意思是，"她说，"你那杯酒还几乎没动。"

"对，我知道。"他说。

房子里安静下来后，他穿上一件风衣，出去在木板过道上站了一阵子，然后往海岬那边去。东方的山丘上立着一弯苍白的月牙。空气凝固着，流水在岸边的石头间潺潺流过，几近无声。

他在海岬尽头站了几分钟，然后迅速回到房子那边，进了屋。他又开了瓶酒，坐在长沙发上。这时是十一点多。一小时后，酒瓶空了。他把两个空瓶子并排放在桌子上，站起来，脱下风衣，把它扔到沙发上。他穿过厨房，走上楼梯，打开卧室门，开天花板上的灯。她背对着他躺着，一动不动。他走到柜子边，拿出一条毛毯。几个樟脑丸滚到地上。他用力关上柜门。她一动不动。他把她的被子夺走。

"马丁!"她说。

"只管躺着吧。"他说。

"怎么啦?"她问。

"只管躺着吧!"他说。

接着他走了。

＊ ＊ ＊

她躺在木板过道上。他可以透过屋子的窗户看见她。酒瓶和杯子被收走了。风衣在长沙发上。

他出屋,走到栅栏那边。他把石头从侧柱上拿下来扔开,然后沿着山路上山。

他坐进车里,启动发动机,把车开到车道上,然后重新停车,熄火。他安安静静地坐着,凝视前方,过了很久。

下山回去的路上,他遇到了她。

"你跑哪儿去啦?"她问。

"就是遛了个小弯儿。"他说。

"你之前应该告诉我的,"她说,"我到处找你来着。"

"我就是遛了个小弯儿。"他说。

"我都吓死了。"她说。

"为什么呢?"他问。

"你心知肚明,"她说,"先是昨天晚上,然后又是现在。"

"昨晚的事儿忘了吧。"他说。

她看着他。

"忘了吧,"他说,"我喝太多酒了,都不算数,我不知道那是怎么回事儿。"

"我都六神无主了。"她说。

"是吗?"他问。

他往山下的房子那边走。她跟着他。

他坐在木板通道的最前端,望着峡湾。在他背后,她躺在一片阳光中。她说：

"不是个好地方吗？"

"当然了。"他说。

相　遇

　　树，松散的沙，在道路被刨得最厉害的地方，虽然绝少有人走这道，铺着板道的堤坝，虽然也算不上什么板道：三块腐烂的木头板子。

　　"然后呢？"

　　"他使劲打我。我只能看到他那双擦得很亮的鞋——他总是穿着擦得发亮的鞋子——还有一小截裤腿。我不想喊叫，可最后我不得不喊，我要不哭，他就从不停手。"

　　又走了几米，冷杉树的针叶，鞋跟下平整的一大片，然后是海滩、沙子和水，一成不变，就像他，就像我……我？

　　"你想没想过，最好把这些忘了？"

　　"倒不一定非要忘了，但要有一段距离、一段时间，然后再听到他的消息。我也不再是过去的我了，反正我是这样想的。"

　　"那他呢？"

　　"这儿什么都跟过去一样，我是说这幕景象，它让一切保持原样。"

　　这是退潮时分，沙子很硬。他们沿着凹进去的海岸线走。一条冲到岸上的树根，一半埋在沙里，一个空瓶子，一只死海蜇，被一条小树枝穿透了，海藻和林地的气味，低沉的天空，马上就要下雨了，一丝微风也没有。

"这意思是，你又要走了？"

"对。"

他没有听见她问他的话，突然间他看到那条棕色的门帘，只不过它悬在两个房间之间，他不在那里，而是在卧室前的小阳台上，牵拉着的卷帘，下面的一道光，他们的腿，他们的声音，衬衫背面的雨水——"可我告诉你我从没有"——"你真敢这么讲？"——冷不防一下子，他瘦骨嶙峋的膝盖，她离地几厘米的脸，没有喊叫声，我本来可以阻止的，可以敲窗户的，我不是真的不想阻止，而且，我怎么知道，这在这栋房子里不是正常的？在这栋所有墙壁上、架子上都有上帝的房子里，在这栋要在闩上的柜橱门后、在套鞋和雨伞旁边做忏悔的房子里……

亭子，野蔷薇的果实，平原，最初的几点雨滴（你身上要湿了，没关系，你的裙子呢，没关系，穿这件夹克吧，很暖和，你不冷吗？），衬衫背面的雨。我在阳台上想干什么，还下着雨？

"他不只打我一个人，"他说，"还打妈妈。"

"为什么？"

"我不知道。"

为什么？"可我告诉你我从没有"——我就只听到这些？还没等他打完我就跑了，从阳台上跳下去？她感到什么，我看不到，她的头低垂着，脸上的表情怎么也看不出，但她没哭，至少，我看着的时候没哭，我不可能什么都看到。

"她当时到底是怎样的?"

"妈妈? 很可亲,相信我。她常常哭。她从不透露口风,至少我没听过,每次父亲打开壁橱的门放我出来时,她从来不在,我不知道她在哪儿,不过绝不在客厅或者厨房里。你认识她吗?"

"就只见过。我还记得她总是特别容易脸红。"

"没错。我都忘了。"

"很明显的,不可能看漏。"

"我还记得,有一次,"他说,"她拿着针线活坐着。我想我当时病了,有时候他们也让我躺在餐厅的沙发上。我们不说话,好长一段时间里,我们两个谁也没说一句话。然后她突然脸红了。我躺着,看着她,我的视线无法从她脸上移开,要么是这一次,要么是另外一次,我问她,为什么父亲从来不脸红,可她没告诉我。"

房屋,长着古老菩提树的公园旁边的街道,安静的雨,衬衫后背的凉意,带大露台的房子,墙边一排梨树(你也进来吗,其实我该走了,可你不想先喝杯咖啡吗,好啊,谢谢你的夹克你肯定冻坏了你后背都湿了我们定好五点吧谢谢你陪我散步),在她身后关上的门,回家的路……家?

他打开门,听到父亲弄得锅子眈眈地响。

"是你吗,加布里埃尔?"

"是。"

一股鱼味。他上楼,换了件干衬衫。窗户开着,对着外面安静的道路和低矮的房屋。目光扫过床上方黑床板上的"上帝是爱"。他把标语拿下来。你这就孩子气了，不，我不孩子气。他把它放到床尾边上的低壁橱里。

"来吃饭吗，加布里埃尔？"

他等了一会儿。父亲已经坐在桌边了。他在等他。他交叠起双手，低下脑袋。加布里埃尔望向窗外。

"吃吧。"

他们面对面坐着。

"味道不错。"

味道不好，鱼不够咸。桌上没放盐，他也不敢，我不敢，他就是这样，我就是这样，我在这儿依然故我。

"你回来真好，孩子。你妈一走，这儿就空了。"

他不说话。厨房的钟嘀嗒作响，水龙头在滴水。轮到我说话了，我该说什么呢？

"她痛苦吗？"

"不。但她很想跟你道别。她希望求你原谅。"

"原谅什么？"

"我们所有人都有希求别人原谅的事。"

"是吗？"

"上帝……"

"让上帝一边儿去，我宁愿不见他。"

"我可不愿意那样。我不能那样。"

"那我们就别谈这个。"

沉默。

"你去给她上坟了吗?"

"还没有。"

"或许你愿意带几朵花园里的鲜花给她。你今天下午去吗?"

"下午我要去见波迪尔。"

"谁啊?"

"波迪尔·卡尔姆。"

"哦。"

"有劳你做这顿饭。"

父亲垂下头,交叠双手,嘴唇动了动,然而没有出声。

上楼梯,房间,我直面它,那块深色的痕迹,"上帝是爱"曾经挂在那儿,也许他会上楼看到这个,不下雨了,一道阳光落在镜子上,那我们就可以坐在露台上,楼梯上的脚步声,我来不及把标语重新挂上了,我不开门。

他没过来,他进了卧室。加布里埃尔坐在床上,感觉自己的心脏怦怦地跳。我又跟以前一样了,他想。我可以随心所欲地拼命挣扎,我可以把标语从墙上拿下来,可我又落入罗网中。我又成了个小罪人,跟当时一样。

* * *

当时,窗户开着,窗帘在暗淡的夜幕前微弱地颤动,他们意乱情迷地互相爱抚，被子滑到了地上，赤裸的肌肤，窗外蚂蚱的啾鸣声，簌簌作响的叶子，平稳的呼吸——你冷吗，不冷，你呢，不冷——柔和的黑暗，此刻他的双手安静地动，因为不再有什么是必要的，却有那么多希望被握住，所有轻柔的话语，内容为优美的音调让位——听啊那树木，听啊那蚂蚱，一切是多么的轻呵——绵长的思绪游弋在新的、未知的小径上，大段的幸福的词句，不求回应，只求共鸣，枕头上金色的发丝，香气，七月的夜和她——我真想哭，我是这样的快乐啊。

可然后：关上的门，脚步声，人声，毫无征兆的罪，头脑空白的一刻，她：关上门，楼梯上的脚步声，门把手，父亲：你干吗关门，加布里埃尔。我有客人。我们现在要睡觉了。羞耻，因为父亲没有敲门，恐惧和负罪感，当时已够强烈，却还要更强烈，在他送她回家后回来的时候，很晚了，父亲在黑暗的屋子里：我要跟你谈谈，加布里埃尔。沉默。我看到了，那是个女孩子，是谁？没有回答。你的屋子里没开灯，门也关着，是谁。我不告诉你。可我知道那是谁。我之所以问你，就是为了给你个对我诚实的机会，如果你不开口承认，我就不得不做最坏的设想，我有义务跟她父亲谈谈。你敢。我要去。卑鄙。注意你的用词。卑鄙，卑鄙。

阳光落在镜子上。他下了楼，出了屋子，雨后铺沙的路又潮又硬。他按门铃。

"我妈出去了。把这儿当你自己家。你想喝咖啡还是茶？"

"都可以，谢谢。我能去露台坐下吗？"

"当然可以。"

他走出去，在一把沙发椅上坐下。她走来走去，轻哼着小曲儿。平和降临在他身上，那是种身心上的愉悦之情，他或许经历过，次数却极少。

"你这儿多好啊。"

"是吗?"

"看这露台，这花园。"

"花园的活儿很多的，夏天又短暂。你大概忘了，冬天这儿是什么样的。"

加了柠檬的茶水，加乳酪的脆饼干，一把电锯在远方吱嘎尖叫。

"你都不会相信，我曾经多少次从这栅栏旁边走过，心里想着，能拥有这样一个花园该多好。"

"可你们家也有个漂亮的花园啊。"

"里面没有一处是从房子里看不到的。我没有藏身的地方，无论在花园里还是房子里都没有，只能躲在地窖里。"

"但你还有自己的房间啊。"

"有是有，可我从来也不敢关门。我不能有秘密瞒着他们，无论什么时候，只要他们愿意就进我的屋子，也不敲门。我有个带上锁抽屉的斜面写字台，却不敢把钥匙藏起来。我虽然不记得有人不许我藏，可根本也没必要藏。我的秘密都藏在别处。我还记得有次我忘了收我的日记本，一个小黄笔记本，很容易藏起来的。我把它忘在床头柜上了。我那时应该是大约十五六岁大，往那日记上写了，此日记是我的私人物品，除我之外谁也不准翻开。我妈不仅翻开了它，还用铅笔在一页上边写下：上帝眼收一切。"

"你到底为什么从家里跑出来啊，是什么原因呢？"

"我也不知道。我不记得了。听上去很怪吧，我知道，本来也不是很久以前的事，可我真的记不起来了。有时候我想，那是因为我在旁边看到我爸揍我妈的样子，但不可能是因为这个，那都是很久很久以前的事了。"

"真奇怪。"

"是啊。有很多事情我记不得了。有些事情，我不知道自己是真的经历过，还是只梦到过，包括一些才过去压根没多久的事。另一些事我记得很清楚，却不是每次都能说清是什么时候发生的，是我八岁还是十岁还是十五岁时的事。不过最奇怪的是，我这辈子有几次肯定是不断做了同一个梦，一夜一夜，直到我开始怀疑那是不是真的是梦，抑或是我的真实经历。比方说有一段时间我在想，我其实根本没通过高中毕业考试，因为我给英语笔试交了张白卷，原因不是我不会，而且那也不是个噩梦，是个美梦，当时我去考试，却只是干坐着，看其他人，我知道自己什么都不用交，考题特别浅显，我最好还是到森林里去，于是我站起来就走了。我清楚这话听起来肯定很怪，可好长一段时间，我看得有好几个月之久，我多多少少相信自己确实离开了考场，虽然我当然心里也清楚，希望我可以说明白这是怎么……"

"我明白了。"她说。她站起来。"我马上回来。"他不再感觉愉悦了。我得问我爸，他想，他是唯一一个能跟我说的人，在他能说的时候，在他想说的时候。

166

"我得走了。"他说。

"这就要走?"

"我得跟我爸谈谈。能给你打电话吗?"

"好啊。"

他很快走了,仿佛要保持自己决心的热乎劲儿似的。就得现在去谈,要么现在,要么再不,我没理由害怕,小时候还有个理由,那就是他打我,现在我害怕是出于过去的习惯,他伤不到我了,我倒可以伤到他,大概吧,他就该直接告诉我,我不害怕真相。

"是你吗,加布里埃尔?"

"是我。"

"这就回来了?喝咖啡吗?"

"不喝了,谢谢。"

他在较小的客厅的圆桌旁坐下。此时太阳已经西斜得厉害,将光束送进北窗,光影延伸到棕色的窗帘上。

"我想问你些事。"

"问吧。"

"不是为了揭旧伤疤,可是我之所以问,是因为我不记得了,这话听上去也许挺怪,但我为什么从家里跑出来啊?我是说,发生了什么,我的动机是什么?"

"别再翻旧事了吧。忘了就是忘了。"

"不行,我必须得知道。"

"我试过去理解,到底为什么会发生那样的事,是什么原因让我管不了你了。说这些是希望你不用认为我要把所有责任归给你。"

"不说责任的事了。你是什么意思?"

"或许是我太爱你了。"

"你这样看啊。"

"或许我太想抓紧你不放了。"

"你那时希望我变得跟你一样。"

"你在指责我吗?"

"我不想变得跟你一样。可能我很小的时候想过,记不得了,可后来不想了。我当时管你叫亚伯拉罕[1]。"

"亚伯拉罕?"

"而我就是以撒。在我记忆里,我一直怕你,因为你惩罚我……"

"我从没无缘无故地惩罚过你。"

"我也这样想过,那是以前,我总感到自己有罪的时候,因为我当时还不够大,分不清罪责和负罪感。"

"这两者间本也没有区别。"

"有的。妈妈为什么总是脸红?"

"让你妈安息吧。"

"她已经安息了。你为什么惩罚她?"

"惩罚?"

---

1 《圣经》中的先知,是上帝挑选出来的有福之人,也是闪米特人的共同祖先。曾听从上帝命令,把儿子以撒当作牺牲献给上帝,正欲杀死儿子时被上帝阻止。

"你打过她。"

"什么时候?"

"我不知道。我在一旁看到了。那是因为她对我太好吗?"

"加布里埃尔!你是为了这个才回家的吗?"

"不!不是。我就不应该回来的。"

"你应该抱着另一种想法回来。"

"直接告诉我吧,我为什么离家?"

"你应该问问自己的良心。"

"你什么意思?"

"你不是空着双手离家的。"

"我知道。"

"你妈心里从没放下过这件事。"

加布里埃尔站起来。

"我看出来了,问不出什么的。你重操旧业了,玩弄我的负罪感,把自己藏在上帝背后。你说你从没无缘无故地惩罚过我。有什么缘故,什么缘故?就跟宗教法庭把所有反抗教廷权威的人都消灭掉时用的同一个缘故?你以为你太爱我了?用你把我圈在壁橱里的钟头算算你对我的爱吧!"

"你真的以为,我那么做的时候心中一点儿也不难过?"

"不知道。反正你不觉内疚。"

"对。对你自己做过的事,你也可以说这话吗?"

"不可以。但是集中营的刽子手就可以说。你要为他们开脱吗?"

"够了，加布里埃尔。你说得太多了，要不是你，我不许别人说这么多的。总有一天你会明白，你看错我了。我老了，可能我活不到你明白的那天了，但是总有一天你会清楚……"

"闭嘴！"

"我在自己家里，想说什么说什么！"

"那就等我走了再说！"

走廊，上楼的台阶，我颤抖，房间，无论如何，我把话对他说了，我对他没有歉意，我不用费力气看他，箱子，无论如何他没有赢，什么叫赢呢，最终所有人都会输，在通往终点的路上取胜不过是推迟的失败，但我来这里不是为了获胜，而是希望至少一次不输给他，我不把它挂回去了，这就是我最后的致意，"上帝是爱"在壁橱里，就这样吧，没呆多久，他现在要是不在就好了，下楼梯，可我不能一句话不说就走啊，也不是不行，我害怕什么呢？不是逃避，而要道别，我该敲门还是直接进去？我敲门吧，这儿不是我家了，他不应声，那我就走吧，可只要他不在花园里，就肯定听到我敲门了。

他推开门。父亲坐在靠背很高的椅子上，盯着他。

"我是来道永别的。"

"你要走了？"

"对。"

"我没想到会是这样。"

"我也一样。"

"我之前希望自己能理解你。"

他不说话。

"你写信说要过来时，我特别高兴。"

"这样收场，十分抱歉。"

"真的吗？"

"什么意思？"

"你真觉得抱歉？"

"真觉得。我没打算跟你吵架，我没想过要在你面前力争上风。就告诉我一件事，爸，告诉我，假设我不是你儿子，假设你就是认识我这个人，对我的了解跟你现在知道的一样，你还会高兴见到我吗，还会乐意让我借宿在你家房子里吗？"

"那样的话肯定会不一样的。"

"不一样。假设你就是个认识的人，不是我爸爸，我就不会来看你。可这不就意味着，我们两人只被一条社会习俗联系在一起？我们是父子，因此我们必须互相喜爱，如果我们不这样做就会有负罪感。可这是为什么？能不能由此看出喜爱之情是由生理决定的？我们毕竟不会指望自己喜爱一个邻居或者一个同事！不知道你明不明白我的意思。"

"明白。看来你是这样想的。社会习俗。愿上帝原谅你这些话，加布里埃尔。总有一天你一定会明白，自己错得多么离谱。"

"这话你已经说过很多遍了，自我记事以来你就一直这样说，总有一天……如果你不信上帝，所有一切该大不一样。"

"或许如果你相信上帝的话。"

"是啊。事情已经如此，我们就这样被判处，必须互相伤害。"

"不要把责任推给上帝。"

"不是上帝，而是想象中的一位上帝，是个关于一种力量的、顽强不灭的神话，我们用这种力量为那些不知什么时候会被视作无道的所做所想辩护。你相信，上帝是一种信仰的准则，可这是不对的，上帝就是对上帝的信仰，正因此上帝会死，他已经在死了，一天一天地死去。"

"你入魔了。"

"不，不过我相信未来，未来会拒绝这种遗产，它会拒绝背负着上帝艰难前行。"

"你必须走了，现在。"

"好。"

他走到门口，手放到门把手上。然后他转身，最后朝父亲看了一眼，父亲一动不动地坐在高靠背椅上，眼睛闭着，双手紧紧抓在磨损的椅子扶手上。

马尔东的夜

所有街道都以职业命名，贝克尔街、施彭格勒街、舒马赫街[1]。他把箱子放在潮湿的人行道上，从胸前的口袋里掏出折起来的便条。戈尔博尔街[2]28号。看完他接着走。他的一条腿比另一条长。他的双脚和后背都冻僵了。我要向第一个朝我这边走的人问一下，可来了个女的，下一个他也没问。我肯定找得到。商店都关门了，路灯却还没亮。他走到一座桥旁，心想自己走得太远了，却继续往前走。他脚下有列火车在鸣笛。我还以为这儿是条河呢，要不是因为有火车来，我还以为我过了条河呢，谁都不会知道我是从哪儿来的。哎呀，您是河那边过来的？你们瞧瞧那个人，他是从河那边过来的。摆渡船夫今天喝醉了吗——他把自己闺女升到桅杆上了吗？

他来到一家咖啡馆——一家酒馆，走进去，在角落里坐下，点了一杯茶，把帽子放在箱子上，等着。客人不太多；如果我现在把这些人都摞成一堆，肚子贴肚子，后背靠后背，他们离天花板都还得有一半距离。服务员端茶过来时，他问戈尔博尔街在哪儿，服务员回答说，您过桥，走过那么一栋看上去就跟喝多了一样的房子，然后进左边第一个路口，再到右边第二个，肯定找得着。

他原路返回，过桥，走过那栋喝醉酒的房子，左转再右转，却没能找到路牌，在那排一模一样的三层楼房上也没发现门牌号。他走进其中一栋，进了一条有三扇门的昏暗楼道，一个穿深蓝色围裙的白头发老太婆说，他住在上面一层，名字写在门边，不过他不在家。他慢慢地走上磨损的楼梯，脚步沉重，我的岁月都拖在身上。他不在家，但门没锁，他进了间冰冷的屋子，屋里有床没叠的被子、一张桌子和两把椅子。他坐下，双手托着脑袋，回想漫长的旅途——火车厢里那个寡妇的儿子给"操"这个词变位，坐在灰扑扑的箱子上，六十个小时没合眼，或者说几乎没合眼，还有那个矿工，自问自答地念叨基督的堕落，五十个小时之后叫道，主啊，托付于你——然后拉下了紧急刹车闸。

他听到身后有响动，门那边传来的，门敞开了一道缝，对着其它门牌。哦，打扰了，她说，我都不知道，您肯定是兰德尔吧，他说过您要来，但不是今天来。我叫维拉·达达拉维，我就住在对门，您可以去我那儿等着，那儿暖和一些，不过劳您驾，请务必带着箱子。

他跟着她走过楼道；她家的墙上贴着画，面具、脚和手的素描，还有报纸上剪下来的诗，用绿色和黄色的图钉钉在灰色的墙毯上。他脱下大衣，脸冲着门坐下。这是马尔东的手，她说着指了指一张画。缺了食指。您饿吗？他不饿，只是累。他在椅子上缩缩身子，闭上眼睛。他什

---

1 分别意为面包师街、管道工街、鞋匠街。
2 意为制革工人街。

174

么时候回家？难说，今晚，明天，到他走累了又没别处睡觉的时候。夜里渐渐凉了。他会来的。

他看着她金色的长发、瘦削的背和剪报——我自己家墙上也贴着海报，一万年前举着旗子的男人，从一块大陆走到另一块大陆，手里拿着镰刀。不过您怎会想到贴那么多面具的画？您是画家吗？画家，多多少少吧，她说。画得不好。您想喝杯葡萄酒吗？是甜酒。您笑的时候跟马尔东很像，您讲讲他的事吧，他小时候什么样呢。跟大多数小孩一样，我想，然而并不是这样，他会逮唱歌的鸟儿，把它们圈在自己的房间里，跟猫圈在一起，他十一岁时偷书架上的书，好卖钱逃到澳大利亚去，到了之后也没交路费。我不了解他，他说，他说话不多，我又太忙。他怎么样——他在做什么？他来了。她走到门口，开门。老人（我其实还没那么老）站起来，用扁平的双手捋捋上衣。他往前走了两步，一步很短，一步稍长。他们各自盯着对方，沉默不语。马尔东，马尔东，你对自己做了什么啊？——接着他们握握手，还沉默着。我的手潮了，他想，我该说什么呢，我说不出话来，他的食指没了，我要哭了，上帝啊，我要哭了。你到得比我想象中早，马尔东说，我以为……两人同时朝她转过身。她双眼满含泪水。我忍不住，她说，这可真是，过了这么多年，你们一下子这么大了。他们收回目光，盯着踩坏的地毯。无论是谁，说点儿话吧，什么都行。你找到这里来了？对，不过没有门牌号。叫人偷走了，每次新门牌刚一贴上，立即就没了。显然有什么人希望大家走错路。他们偷门牌，为了让人走错路？我不知道，不过就算是那样也不奇怪。你们喝酒了吗？喝了，你的朋友对我很好——你屋里太冷了。

他们坐下。我得出去，马尔东想，我得出去准备准备，毕竟他来了。可怜的人，可怜的爸爸，他鼻子旁边的疣子大多了，他肯定得癌症了，还没能得到幸福就要死了，真让我难过，他要不是我爸就好了，爸爸独自坐在雨中的长凳上，爸爸在半明半暗的客厅里，蹲在扶手椅后边，你以为我没看到你吗，爸爸在阁楼里头没刷漆的箱子上——几不可见的污迹在地上。我还得出去呆一小会儿，不会太久，半个小时左右吧，不过是忘了一件小事。父亲站在窗前注视他的背影，看着他沿着街道匆匆走了。要是你知道我有多孤独就好了，马尔东，我所拥有的只剩你一个了。街灯亮着。可怜的马尔东，维拉·达达拉维在他耳旁说。我也叫马尔东。您真用自己的名字给他施洗吗？不是我的问题，我当时不在家。您觉得他还回来吗？当然了，她回答说，说着把手放到他胳膊上。我父亲也叫马尔东，他说。明白了，她轻柔地说——过来吧，坐下。您过来喝一杯酒。干杯。干杯。您不过是因为刚长途奔波过才这么消沉的，长途奔波后很容易消沉，会好起来的。您确实不饿吗？

他回来时，酒杯和酒瓶都空了。我回来了，他说，还来不及断定父亲真的不在。他在哪儿？在厕所里。你喝酒了，马尔东。他来了——对他好一些，马尔东，一根手指就能把他压碎。这厕所真特别，父亲说，看上去仿佛笑过。嗯，对吧？马尔东说。来，我们来庆祝这一刻，他说着从大衣兜里掏出一个瓶子。我们还从来没，父亲说，一起喝过酒。你忘了，马尔东说，市场后面那个餐厅，叫什么来着，葬礼之后，当时我骨头都冻僵了，那个小餐馆，墙上有狍子。我们一人喝了两杯，你还记得吗？忘了，我记不得了。我当时可能在想别的事。我忘了好多事情。

你说墙上有狍子？对，后来，年岁够了、可以独自进去之后，我又去过那儿一次，不过那时候狍子都没了，换成了毯子，模仿砖墙的模样，吧台后面有个姑娘，双眼是我见过的里面颜色最浅的——就好像是她刚从海里升出来似的。她漂亮得非同寻常，然而只有吧台上边的一半，剩下的死了，她坐在一把带轮子的高脚凳上，据说有辆履带车把她轧了。怎么？没什么，父亲回答说，没什么。您不反对我画您吧？维拉问。怎么会，请便，不过我马上就得找个地方，好让我……这附近有宾馆吗？用不着，你住我的房间，里面还空着。不是什么特别好的地方，我从没花心思给自己备置东西，不过我有几条干净床单。我马上就可以过去给你收拾好，然后就能住了，我觉得。马上就好。我不想给你添麻烦……可马尔东已经从屋子里出去了。他刚逮着一个机会就回去，就跟我是什么传染病似的，我就不该过来的。您发现所有人都像汽车了吗？维拉问。没有。您像福特。我像大众。我过去帮马尔东的忙，他说着猛地站起来。门掩着，他把它推开。马尔东躺在床上，盯着天花板。我突然头晕了，他说，很快就好了。他站起来。他头不晕，躺着就是为了打发时间，他不知道该如何让这一分一秒过去。就只有今天一晚，他说，马尔东想，不对，到底为什么呢？他不应声，于是马尔东想，可他让我那么的……他到底为什么让我难过呢？既然他让我难过，我为什么就不能对他好一些呢？我不想抢你的床——这一来你睡哪儿呢？维拉那儿。这样啊。啊哈，好好，啊哈。他打开一个壁橱，拿出一床干净被子。我是他的儿子，因此他以为自己爱我，必须得爱我。可怜的瘸子，把一个儿子生在人间，不能不受惩罚。如果我直接叫他马尔东，他该会说什么呢。你能帮我搬床吗，老马尔东？来，我帮你，父亲说着盯着马尔东的手。你那根手指怎么回事？感染了，不值得多谈。好吧，没什么。少一根手指也完全没问题，尤其是少根食指。还用再过去点吗？

她往自己一头金色的长发中系了根棕色的发带。啊哈，看来他们是在上床的，他想。可她岁数少说也得大十岁。这辈子，跟我睡过的人太少了，几乎一个都没有，我没有勇气，我总害怕，我管这叫至高无上的道义，人总得给自己的弱点起个说法吧，所以为什么不叫它道义呢，现在我明白道义的意思了。邻居们怎么样？马尔东问。比方说马尔滕斯如何？他死了，你不知道吗？谢天谢地，马尔东说，父亲则说，你怎么说话呢。我得承认，马尔东说，有那么一些人，我早就希望他们埋到十丈黄土之下了——其中一位就是马尔滕斯，现在他真给埋了，埋得好。你怎么说话呢，马尔滕斯怎么你了？他传了些关于我的谣言——你应该知道的啊，有一次……不，算了。马尔滕斯和鲍施克太太，都是一模一样的无赖，不过她大概也死了，是不？她半年前去世了——得了癌症。你得原谅我，可我一点儿不难过。你那是什么意思，父亲说，我应该知道马尔滕斯传了关于你的谣言？也不完全是这个意思，我不是一口咬定你早知道他在胡说八道，可是他说我闲话的时候，你不知道他讲的那些东西对不对，就惩罚了我。如果真是这样，父亲说着，望着自己椅子旁边的地毯，于是马尔东站起来，转过身，心想，我不该说这些的，我总是着魔似的喜欢翻出来这些陈芝麻烂谷子，我不应该……如果这些话至少还会伤到他就好了。他看不起我，父亲想，不然他就不会说这些了。他这些年一直自己背负着这些，现在他要让我背着这些回家了。我得说些话，马尔东想，我该说什么呢？说我不要挑起仇恨吗？没人说这种话，至少我不说。别觉得我这就要挑起仇恨之情，如果我真想，我就不会提起它了。我知道，父亲回答说，我过去不是你的好父亲。我们不能，马尔东说，不要再做父亲和儿子了吗。我们不能单单只做两个人吗，那样的话我们就不用想，自己原本必须得滴水不漏。如果你不想被称为马尔东，我就会问你能不能叫你的名字。为什么不称为马尔东呢？父亲问。那一来，马尔东说，就好像是自己跟自己说话似的。维拉笑了。不好笑，维拉。想想看，如果所有人都只是人会怎样，我是说，不是亲戚，不用以为自己对彼此有权利和义务。这种想法肯定就是耶稣管自己母亲叫妇人时的那种。干杯吧，男人。父亲举杯。无论如何我也不能让他自己喝完一瓶酒。干杯，马尔东。你们真可爱，维拉说。别管她，马尔东说，她看到个斜愣眼的小孩都会流眼泪。父亲望着地面。他恰好不算懂礼。啊哈，他不想跟我叫一个名字。马尔东·兰德尔二世和马尔东·兰德尔三世。跟你祖父和我叫一个名字，你不情愿吗？马尔东飞快地看了看他。当然了。既然你问了，我就得承认，我常常考虑，父母怎么会想到给自己孩子起跟父亲一样的名字。最有可能的两个原因是——请别对号入座，要么父亲出于某种原因自视甚高，要么母亲心存某种疑虑，不知这孩子是否真是她丈夫的儿子。别这么说你母亲，父亲说，在椅子上挺直腰板。为什么别说？因为……他站起来。别再说这些了，现在别说了。我不……我喝不惯酒。你要是没意见，我想要上床去了——这一天太长了。他伸手去拿帽子和箱子。当然没意见。睡个好觉。好的。晚安。马尔东听到楼道里深浅不一的脚步声，看着残缺的食指根。父亲打开灯，关上身后的门。他把大衣放在床上，搁下箱子，站着环顾这光秃秃、冷冰冰的房间。你看了他不难过吗？维拉问。难过啊，马尔东说，目光并没有从手指根移开。父亲走到窗前，拉下一张千疮百孔的卷帘，卷帘上有个坐在一棵大树下的草地上的姑娘。你不想去他那儿吗？维拉问。他不回答。父亲端详着草地上的姑娘，想，如果他知道，整整一生眼看就要过去是什么意思，就好了。我没时间白白地等待了。马尔东给自己倒了酒，喝下。我早就知道会是这样，我早就知道。我该怎么办呢，维拉？去找他说点儿什么吧，说些让他高兴的，我不知道说什么，就随便说些假如你知道他今晚就要死时，你会说的话，就算你想到的是个弥天大谎也好，这样你就会知道他回家时绝不会比来时更困苦。马尔东转过身，看着她。父亲走到箱子边，把它从桌上拿起来，打开。他用手指抚过放在上边的相册，两本中的一本。我说的可只是我想的，但尽管如此我还是良心不安。为什么呢，维拉？可以跟我说吗？你自己说过，马尔东，良心是通往无意识的、被忘掉的东西的门。父亲从箱子里拿出相册，打开其中一本。马尔东五岁。马尔东在奶奶的花园里。马尔东在海滩上。马尔东第一天上学。我本应该放过这名字的。1948年夏天。上帝啊，那是马尔滕斯，就站在他身后，手放在我肩膀上，后来我们再没这么要好过。马尔东站起来。我过去问问他需不需要点儿什么。父亲揭下照片，把它放在口袋里。门响了。进来。我就是想到，也许你还需要什么。他关上身后的门。你拿着什么？唉呀，就是点儿小东西，我随身带来的，我以为你可能……本来我是为自己整理的，你看看这上面的话就知道了，不过如果你喜欢就看看吧，是你的童年。他合上相册，后退一步。如果人们怀疑，维拉想，上帝不存在……当然喜欢，马尔东说，毫无疑问，多谢你。维拉从一堆上了色的干豌豆上解下领巾，把它放在巨大的绿色闹钟旁的玻璃碗里。我不记着自己见过这些照片了，马尔东说。如果有哪张你想好好看看，就直接拿下来吧。维拉抬起目光，望着镜子。哦，上帝啊。非常感谢，爸爸。他叫了爸爸。我叫了爸爸——他能期望的也就是这个了。他叫了爸爸。孩子，儿子。她解下棕色的发带，甩了甩头发，双脚稍稍分开，拿过发刷，看着自己的眼睛，用舌尖在上门牙背面来回舔了舔，举起发刷，看到左边嘴角下长了颗粉刺，放下发刷，抬起下巴，用食指把黑点两边的皮肤挤到一起，粉刺从毛孔中缓缓蠕出来，她用一个指甲接住它，听到过道里的脚步声，把白色的粉刺块抹到裙子上，拿起粉扑，然后门开了，马尔东走进来，胳膊底下夹着两本相册。父亲在光秃秃的灯泡底下脱了衣服。很明显，他拿相册很高兴，他很不会表达感情，这是从我这儿遗传来的。啊哈，看来我们在葬礼后一起喝过酒，我都忘了，可那对他来说很重要。马尔东把相册扔到沙发上。我的过去，可爱的回忆，当然没一点儿小心思。自己看吧。她看了。父亲在内衣外穿了套睡衣，关了灯躺下。他看着卷帘后面的十字架——看了很久。再过三天就是满月了。此时他们坐着看相册。我会睡不着的。每次他睁开眼睛，都盯着十字架。无论如何，那些冷淡的年月没让她赶上，玛丽亚，那些冷淡的年月和漫长的夜晚。你就从没做到过，惧怕过死亡，不，不惧怕，我是说你不惧怕。马尔东……他的心跳得快了些，可他知道这只是想象，没人低语他的名字。我只需要睁开眼睛——如果我愿意，我可以打开灯。没必要，我只需想想别的。我头脑健全理智。

他们翻相册。他们也有可能睡在一起。我宁愿她圆润一些，别这么苗条，品味这事儿是没法争的，不是因为我本来应该谢绝的，可如果我是其中一位德国军官，让那些女人走到自己面前，只需要从中指出来一个——用马鞭子——那我就可以挑个个子小一点儿、身材丰满些的，挑个模样胆怯的。我本该……不，不对，人总考虑那些不会做的，那些做不了的。如果我是头猪，那所有人都是猪。我没做过会后悔的事，唯一会让我后悔的是没干过的事。本来克拉姆太太跟夏洛特我都能到手，反正克拉姆太太肯定可以，她求之不得呢，夏洛特也一样。六七个妓女跟玛丽亚，就这些了，妓女也只在我喝酒壮胆之后。我都记不得她们的长相了。所以只有玛丽亚。马尔东……他睁开眼睛，从卷帘后面的十字架望向门上的闪光的猫眼。不，自然不会。房间肯定比看上去要大一些，肯定有四乘三平米，可这时候在黑暗中，它明显要……我们本来可以下盘棋的，虽然说，他下得大概不……要是我开灯，就为了看看这屋子到底什么样呢。我不记得有个炉子了，可不然的话那是什么呢，没有炉子他肯定过不下去的，快到冬天了。他应该挂上几张画的。往墙上钉手和面具的素描，少说也有一百张，这是什么主意呢。还说我像辆福特，啊哈。他试着想起来福特的模样。维拉在气垫床上放了条被子。你可以告诉我你想要什么，他让我很难过。我也是，同时我也希望他死了。他让我感觉到，我有种不知哪门子的，怎么说呢，要命的义务。就跟我欠了他什么似的。再说他本身就有些令人恶心的地方，我的意思是，纯身体上的，我无法想象那个怀上我的夜——可以打包票，那是个漆黑的夜——一想我胃里就翻江倒海。维拉震惊地看着他。父亲听到一扇门响了，过不了多久，他断定闪光的猫眼不在了。他侧耳倾听，却只听到自己心跳的声音。心跳快得异常。多奇怪啊，维拉说。这是不是说，马尔东说，你可以想象自己父母做爱的样子，却不会，怎么说呢，感到不自在？当然会啦。父亲在床上坐起来，仔细倾听。只有舒展的寂静。日本人，不是日本人建了隔音的屋子吗——小间，按照一种相当特殊的格式，好把人弄疯。不可能——就算有，那这些屋子的天花板也得建得很高。我的心跳得那么快，不是因为我害怕，而是正相反——我这一路走得太远了；我低估了这番劳累，恐惧的原因自然是心脏……他重新躺下，脸朝着墙。他伸出手，摸摸糊墙的裱糊纸。是啊，就算有，那这样一间屋子肯定高得惊人，比方说有两米又两米再加十米高——也没有声音。我也可以写张字条就走，给他解释说，我睡不着觉，而且反正也就打算过来看他一眼而已，说我要回家了，我饱受失眠之苦，比自己以为的更为老迈，这样就不会得罪他了，他会理解的，他会高兴的，他不需要我，我也不需要一个不需要我的人。我死了也不一定会有人哭的。我可以写，他这样热情地收留了我，我很感激，本来我根本不想留下过夜的，却不想拂你之意，可我睡不着觉，我的火车明天走得早。我想要见你，也见到你了。我得回自己的归属之地了，我的东西还在那儿，人老了就是这样，人知道自己命不久矣时就这样。年轻时候我以为，上了岁数后对死亡的恐惧会越来越小，很简单，因为老人疲惫了，就得这样才能坚持下去，可不是这样的，这是个谎言。或许不是所有人都如此，那些一生中有所成就、从未错失良机的人也许不这样，所以如果我应该给你提个建议的话，马尔东，我就要说别错失良机，利用机会成就些东西，就算他们说你毫无顾忌也好——如果你是个被别人称为小心谨慎的人，你最后就会变成阁楼上的废物大叔或者糟老头。你已经看到我了，上帝啊，我过去都把这忘了，怎么可以忘了呢。你以前大概太小了，理解不了这些，可那天下午你看到我在阁楼上。他缩回手，又在床上坐起来，看着卷帘后面的十字架，感到心脏怦怦地跳，脸颊和额头上的红晕在灼烧，站起来，摸索灯开关，没找到，可它就在这儿啊，或者在门的另一侧，不在，快平静下来，它肯定在某个地方吧，可他找不到。他走到窗边拉卷帘。一开始卷帘很不听话，后来从他手里滑出来，咔嗒一声卷了上去，着实吓了他一跳，一丝灼热的惊慌流经他全身。他如同被冻住了一般站了片刻，然后双手撑住窗框，脑袋靠在立在中间的窗梁上。我几乎记不起她了，马尔东说，可她活到了我十五岁时。她没留下痕迹——就算留下了，也只是些隐蔽的。她对我没有影响，你知道我的意思吧。他犹豫了，接着又说：我想，记事的人更有掌控生活的力量。我从这些照片中简直什么都看不出来。我本来可以给你讲一片长了白浆果的灌木，我把那些果子夹在手指间挤的时候它们会嗞嗞地响，或者讲讲去公立学校的路左边那道尘土皑皑的绿化带——这样你就看到我的记忆了。对我爸的记忆，那还要晚一些。有次我看到他，看到他在阁楼上手淫，那肯定是我妈去世前的事。我真想知道自己是怎么反应的——在那时候。后来正是这让他变得有人情味了——赋予了他一个新维度，你明白我的意思吧。他没看到我，否则一切都要变得困难多了。还有一次——这件事我记得特别清楚——我看到他在雨中坐在一张板凳上，独自一人。我装作没看到他。一个男人为什么要在雨中坐在一张离家还不到三百米的板凳上？她不回答。父亲立起身子，转向房间。他走到门口，找到了灯开关，扭开。接着他又走到窗口，把卷帘拉下来，并没看草地上的姑娘。他脱下睡衣，穿戴好，动作迅速——就跟他没时间可供浪费了一样。然后他把睡衣放进箱子，关上箱子。随后他站着直勾勾地盯着眼前，仿佛自己的时间还很充足一般。马尔东又给自己点了根烟，说：其实我们是谁就是谁，对此无能为力，是不？我们的过往将我们牢牢地控制在手心里，不是吗，我们永远不能自己创造未来。我们是箭，从子宫里射出的箭，落在一片墓地里。我们飞了多高，有什么意义呢——到了降落的那一刻。或者我们飞了多远，或者我们一路上伤害了多少人。这些，维拉说，不可能是全部的真相。那就给我看看其余那些。父亲打开钱包，拿出旅行社的浅蓝色收据，然后坐下，在空白的背面写了些话。亲爱的马尔东。两小时后我就坐火车回家了。之前我想再见你一面，所以很高兴来到这里。可我比自己以为的更加老迈，经过长途跋涉，疲惫不堪。就算只能睡上一觉也好啊，然而我忘了，陌生的房间对我有什么影响，我的心脏不像往昔那么强壮了。你一定会理解的。但愿你没有意见。爱你的父亲。他把信放在桌子上，然后走到门口，关灯，小心地打开门。楼道里很暗。他又关上门，开灯。或许他们还没睡。他大敞开门，让房间里的灯直照到楼梯上。他听见远处一声不清晰的嘟哝。是，是，是，他会让人难过，我知道。可你之后还是说点儿爱他的谎话吧，就这一天，不止为了他，也为了你自己。说爱他的谎话？听上去那么简单。他用右手紧握住栏杆。一层的楼道黑着。他给我相册的时候，我管他叫爸爸了。我看得出来他有多高兴，而当我看到这一幕时，我恨他。他对我做了什么，让我光看到他高兴就受不了？他慢慢地往前走——越来越黑。每走一步，就仿佛有一份重担从他身上落下。他快到门口了，一步一步往前摸索，寻找门把手，开门，我在回家路上了。或者你对他做了什么？维拉问——她关了灯；她躺在气垫床上，双手放在一边脸颊下。你什么意思？只不过是因为通常情况下，欠债人会憎恨债主，反之则不然。他边走边笑，走在没有号码的房屋间安静的道路中央，简直像个小偷，后天我就到家了，我在回家路上了。我还记得，她说，有次一个女人为我帮了个大忙。我本来应该感谢她的，我感觉这是自己欠了她的，可我没感谢她，我一直往后拖，直到我发现此时道谢已经太晚了，后来有一天我听说她死了。你能想象我当时的感受吗？轻松了。可我不是顺着这条路来的，看看，我是从东边来的，还是先从这些小路走出去吧，这儿什么都可能发生，有只黑猫，代表幸运。我不迷信。上帝知道我走到哪儿来了。这儿看上去实在破败——我还是一直走在路中央吧。我还没到过这儿。我为什么认为自己是从东边来的呢——就算是，哪儿算东边呢，大半夜的？呐，我时间还够，我就直接往西边走吧——以后总得遇到黑猫以外的东西。告诉我，马尔东说，我应该怎么办。她不回答。她哭了。你哭什么，维拉？他听到身后有脚步声。他开始快步行走，想要转身，却没有转，斜走到左边的人行道上，他该怎么想呢，看到我大半夜在这儿，拎着个箱子，走在路中央？马尔东在气垫床旁边跪下。告诉我，你哭什么，维拉。他感觉步子近了。他转过身，可那儿没人，他一站定，脚步声就沉寂了。他转过身，原路返回，立刻又听到了响声。我就是自己的旅伴。马尔东抚摸她湿润的脸颊。跟我说吧，维拉。她抬起头，看着他。我真傻，她说。他几乎辨不出她的五官。我们对他好一点儿吧，马尔东。好。他把脸贴上她的，合上眼睛。父亲走到了宽阔的购物街，往左转，朝着车站的方向。

英格丽·朗格巴克

住所背面有条小路通往树林，这条路在挡风门后六十米处折向右边，东南方向，消失在树丛中，这儿主要是片阔叶林。

英格丽·朗格巴克坐在厨房的桌子旁，读着报抽烟。厨房有扇窗面向树林和小路。有次她从报纸上抬起目光时，发现有个人影站在小路开始转弯的位置。这才是五月，树上的花蕾渐渐开放。那个人影很安静地站着。是个男的。她已经见过这人一次了，在四天以前，在同一个位置，半隐在树干之间。如果他再往前走一步，就能看得很清楚了。

英格丽·朗格巴克静静地坐着，看着他。她猜他看不到她，却不能肯定。无论如何他看不出我在看他，因为我看不出他是不是在看我。

现在是下午，五点半，天上有云，没有影子。

她看不太清楚那人，如果在城里街上遇到他，也认不出他来。四天以前她也没把他看得更清，尽管如此她确定，这是同一个人。

她目不转睛地望着他。她看了他两三分钟之久；然后他转身走了。

英格丽站起来，走到窗前。她想：我应该早点儿这么做的，那样他就看得出我看到他了。

英格丽·朗格巴克的父亲西威尔特·卡尔森七十六岁了，正躺在自己二层的屋子里，他讨厌这寂静，感觉时间静止了。也许没人在家；那样他就能下楼进客厅，听收音机里的听众点歌节目。他下楼梯下到一半时，英格丽从厨房出来了。

"这么安静，我以为大家都出去了呢。"

"我煮了咖啡。"

他打开收音机，到窗边坐下，目光越过田野，望向城市。英格丽拿来报纸。他说：

"反正上面也没什么新鲜事。"

"你怎么知道？"

"哼。"

过了一会儿，她把咖啡端来时，他说：

"彦斯·旺格死了。"

"你看吧。"

"什么？"

"上面还是有新鲜事的。"

她还没说出口，就已经感到抱歉了。

"抱歉，爸爸。"

"哼。"

她走进厨房，望向窗外的树林。奇怪，来这个地方两次，她想。她套上一件蓝色的针织外衣，衣服本来挂在门旁，然后她穿过防风门出了屋子。她三十九岁。她慢慢走，仿佛不经意地顺着小路前行，仿佛有人盯着她似的。她很清楚他刚才站在哪儿，于是在那里站定。她望向房子，往厨房窗户里看。她看不清楚自己坐过的椅子，那人不可能看得到她。她打算再往树林深处走走；这时她看到脚旁有个烟头。这不是什么特别的，她也看到他站在这里，他大可以抽烟的。可后来她又发现了两个烟头。三根都是带滤嘴的香烟。三根就太多了，尽管如此她没再往前走，她按原路返回，这回走快了些，三根太多了，最多两根，一根是今天的，另一根是最近的，可不该是三根。她把针织外衣挂到门旁的老位置上，在水龙头下洗干净手。

乌妮·朗格巴克到七月份就十七岁了。她倒希望自己岁数更大一些。

她骑着自行车往院子去时，看到窗后的外公，她也透过厨房窗户看到了母亲，母亲正打开防风门。她穿过走廊，直接上楼进了自己的房间。她满怀希望，却也害怕。自八天前起她就害怕。她拉开拉链，把紧身长裤褪到膝盖，查看。好啊！亲爱的上帝啊，好！有血！只有一点点，却也足够了。她站在房间中央，穿着纫缝夹克，裤子和内裤褪到膝盖处，睁大双眼，张开嘴巴，无声地笑了。

英格丽·朗格巴克躺在床上，想他，她的枕边人，他一周到头在北方一百二十公里外山谷里的建筑工棚里过活，不再是原先的那个他。她不知道为什么。不得不因为田地收入再不能供应生活而放弃农田，这自然是不好的，可这不会是全部原因。他变得那么沉默阴郁，每当她试着接近他，他就避开，仿佛他要对她大发雷霆似的。前阵子她甚至觉得，他可能对自己大发雷霆，特别是自上次他想跟她睡觉以来，那是差不多两个月前的事。她当时感觉自己被强奸了，那么生硬冷酷，而且很疼，不仅是身体上的。她小声地抱怨，过了一会儿，他从她身体里抽出，看也不看她，只冷冷地说："好吧，如你所愿。"

她试着挥去这些想法，想要睡觉，快十一点了。窗帘拉上了，屋里漆黑一片。卧室在一层，朝南。她合上眼睛，看到亮如白昼的图景，它们来了又去，拦住睡眠的脚步。有一回她清晰地看到了那三个烟头，于是想到，自己观察他时，确实是看到了他抽烟的。

早上下雨了。西威尔特·卡尔森轻手轻脚地下楼，煮卜咖啡。他已经系上了领带，他要进城。现在他只喝咖啡，要在农民协会吃个夹馅面包。他会在那儿遇到萨尔沃森、汉森和施维斯兰德，如果他们也去的话。没准儿还能碰到别人。旺格不会去了。

乌妮下楼来，又困又阴沉；他不跟她说话，不给她添烦。她给自己上学要带的面包涂料的时候，英格丽叫她过去。她把包装油纸放到两片面包之间。

"她叫你了。"他说。

就跟她刚才没听见一样！她穿过客厅，打开卧室的门。

"什么事？"

"你带杂志吗？"

"哪几本?"她问,虽然她是知道的。

"你肯定知道。每次都是那几本。到可可罐子里拿钱吧。"

乌妮在学校里学到了,杂志不是好读物,里面满是逃避现实的东西,所以看杂志的首先是受教育程度很低的妇女。有一回参议教师托尔普(那混账!)说,无论谁家父母看杂志,都要通报一声,可是还没等到追加要求,约翰·松德就叫道:"别听他的,那不关他的事!"

英格丽独自一人,这时是八点四十五。她站在客厅窗前,目光跟随着自己父亲的背影,他正沿着院子里的路往外走,举着一把黑雨伞。可怜人,她想,不过是半心半意的,差不多主要是出于责任感,毕竟他跟他们一起住在家里,这不合她的意。不是因为他过得艰难,而是因为他是她父亲。

几个小时后雨停了。于是英格丽走出房子,关上门。她感觉自己在做什么不该做的事,然而她只是想去趟科尔斯维卡[1],秋天以来她就没去过那儿了。烟头还在,自然。哎呀,你只是想去海湾上转转,她对自己说。她顺着船库的小路走到头,在那儿站了一会儿,望向克瓦尔岛前安静的海,慢慢地原路返回,到了通往约特兰德的岔路口犹豫了一下,但还是继续往前走。她想:我都不知道他长得什么样。

周四下午,托尔比约恩打来电话,说,他周末要带一位同事回家。这听起来不像托尔比约恩。他说话讨喜,这也不像他。英格丽想,他喝

---

1 挪威特隆德海姆附近一地区。

醉了。

第二天晚上，他们快六点半时到了，跟说好的一样。她已经摆好了客厅的桌子，晚饭快做好了。他叫克里斯蒂安，他的姓她没听明白。他的样子跟她想象中不同，要年轻得多。她试图让自己举止自然，却感觉自己没能做到。她把啤酒放到桌子上，说，等着开饭的时候，两位可以先给自己倒上一杯了。这时托尔比约恩说自己突然想起来，他车里还有一瓶烈酒呢；他去拿来。英格丽喊自己父亲下楼，乌妮在城里，在一位女友家。

他们又吃又喝，大快朵颐。托尔比约恩给克里斯蒂安讲自己租给一位邻居的田地，他指着窗户，把田地指给他看。那些都是他的，此外还有好些，可这些不够，不再够用了。在建筑工地上他挣得要多一倍，这世界真是黑白颠倒。大家都摇摇头，附和他的话，他们的眼睛都闪闪发亮了，说话也不重了，就连西威尔特都不唱反调了，有一次他甚至说："啊呀，多惬意呵。"

英格丽看到，酒精是如何把托尔比约恩的性子变得柔和的，还令他看上去更年轻了。她已经很久没这样看过他了，这还让她敛神了片刻，可她想高高兴兴的，就把几个不成定形的念头撇开。

之后，他们环坐在客厅的桌子旁，兴高采烈地说话，声音相当大。克里斯蒂安谈起工地上的工作，还有工棚里的夜晚，英格丽不断请他多讲，让他越发有兴致；听过自己从托尔比约恩嘴里套出来的只言片语后，她感觉，他和克里斯蒂安在同一个地方工作生活，委实不可思议。听上去克里斯蒂安一心喜爱这份工作，英格丽说出了这个想法。是啊，他喜欢这工作，当然喜欢，这是份可靠的工作。

这时他传给她的目光不一样了。她想：我也管不了，她也没什么反对的。她感觉自己有些微醺了，然而她只喝了啤酒，喝得也不多。她很高兴托尔比约恩坐在克里斯蒂安旁边，坐在沙发上，这样他就只能看到她是怎么看克里斯蒂安的，而看不到他看她的样子，她自己却要留意了。

天渐渐黑了，她开灯，去照镜子，煮咖啡。防风门响了，是乌妮，她直接进了客厅。英格丽注视着自己，微微笑了，说：你多傻啊，像个成年人的样子吧。接着她粗暴地看着自己：说你爱托尔比约恩。我爱托尔比约恩。说你不会做傻事。我不会做傻事。后来，她把咖啡端进屋时，乌妮坐在她的位置上了。英格丽往桌子窄的一边搬了把椅子，坐在乌妮和克里斯蒂安之间，这样她就能看到所有人。她听说乌妮想喝一杯啤酒，托尔比约恩拒绝了。气氛不那么轻松了。

"那你呢，你像我这么大时就只喝柠檬汽水，是吗？"乌妮问。

"反正我没回家要啤酒喝。"托尔比约恩回答说。

"是，你们家里没有，家里没有酒。可今天你喝酒了。你大概是想保护我吧，是不？"

"少胡说八道了！"

"你就想这样，就这样！不过接下来你就该做个好榜样，跟你父母从前一样。"

"我没必要听这种话。"

"我也不让人管我的嘴！"

"先等你翅膀硬了再说吧。"

"早就硬了。啤酒你自己留着吧。"

她站起来。她在那儿站了片刻，看着他，气得发疯，接着她想离开，却在屋子中央站定，转过身说：

"我都大得能生小孩了。"

说完她走了。她走后屋里很安静，他们不知所措地坐着，气氛尴尬，这晚上突然就毁了。大家都希望有人能站出来说些话，可仍然僵着。

"瞧瞧，"克里斯蒂安说着，目不转睛地盯着英格丽，"你们家这女儿。"

"跟她爸倔得一模一样。"

"是吗？"托尔比约恩说，看上去倒不显得受了冒犯。

"是啊，她这倔劲儿就是从你那儿得来的，你可得承认。"

"我可不倔啊。"托尔比约恩说，明显得意了。他真是孩子气，英格丽想，不再就此多絮叨，以让他乐在其中。她话锋一转：

"但你不该再把她当小姑娘对待了，你这样只会让她跟你对着干。"

"什么话！就是叛逆期到了，没别的。不然你怎么看，岳父？"

"不，我不掺和进教育问题来，你们自己就能搞清楚。"

西威尔特一下子如坐针毡，这是害怕的，托尔比约恩有可能试图让他别这样两不相帮，为了避免这种情况，他站起来去厕所了。他已经站过一次队了，那次不是故意的，后果不妙。

托尔比约恩和克里斯蒂安喝咖啡和烧酒，眼睛开始放光。托尔比约恩看了眼快空了的瓶子，问还有没有啤酒。英格丽说没了。没问题，克里斯蒂安说，他不是空着手来的，说着爽朗欢快地笑了。托尔比约恩朝他侧身捶了下，说：哎哟，真的？西威尔特又进来了，断定危险过去了，满足地叹了口气，坐下。那我们就把这个喝完，托尔比约恩说，伸手去拿瓶子。克里斯蒂安问英格丽想不想也来点儿。不用了，她说着看向他，我想不用了。来嘛，来点儿吧，他说着看向她，别扫兴嘛。她不喜欢烧酒，托尔比约恩说。那好吧，来一点儿，英格丽说，给自己拿了个杯子。她含糊不清地想着什么，好像是：这些新鲜事是从哪儿突然冒出来的？

然后她坐着喝酒，就喝一点儿，感觉自己很轻浮，因为她享受着克里斯蒂安的目光。她清楚自己在欺骗托尔比约恩，可这不再困扰她，她寻求着克里斯蒂安的目光，只要不引起另一位的注意，就尽可能频繁地寻求。托尔比约恩说，他现在必须马上把小船放进水里去——她听着又没听，突然间她想起了那些烟头和树后的那个男人，却只想了一下，因为现在她想起了些完全不同的事，一些不合时宜的：她小时候有次上午回家，发现自己妈妈在那把破旧的沙发椅上抽泣，她妈妈，平时从不哭的。她害怕得忘乎所以，喊道："妈，妈，是爸死了吗？"可妈妈用一双陌生的、哭肿了的眼睛看着她，说："不是，不是，出去玩吧，什么事都没有。"

她看着自己的父亲，想：你对她做了什么，还是她对你做了什么？他迎上她的目光，微微笑了，她回敬一个微笑。她想：我得问他这件事，就在同一瞬间，她意识到自己永远不敢。

克里斯蒂安走进门厅拿酒瓶。他让大家看瓶子，有点儿自得，托尔比约恩满怀希望地说：

"看看，这就叫来对了客人！英格丽啊，这下我们需要大些的杯子和冰块了。"

她拿来杯子，不过只有三个，还拿了冰块。克里斯蒂安问她不想喝吗，她回答说，最好不喝了，不然她就醉了，那一来就没早饭吃了。

"什么啊，去他的早饭吧，"克里斯蒂安说，"这会儿正有酒兴呢，怎么样，托尔比约恩，谁这时候就想着早饭之类的屁事？"

"对对，"托尔比约恩道，"不过反正她爱怎样怎样。"

"听到了吧，"克里斯蒂安说，"去给你自己拿个杯子，去他的早饭。"

她给自己拿了一个杯子，脸上是没人看到的巧笑。"反正她爱怎样怎样。"这话根本不是那意思，托尔比约恩，不过我大可以装作自己没听懂的样子。男人啊！——要是他们知道我们女人什么都能领会就好了。要是他们知道……他们肯定要觉得自己压根没跳出五指山。

这个念头让她颇为舒坦，她感觉到优越；她一点儿也不打算让自己喝醉。她看到父亲对克里斯蒂安说的话慷慨地露出了笑容，于是想：你太安静了，可怜人儿，就连现在都这么安静。她感到一股因他而起的暖流。

"干杯，爸爸。"她说。

"干杯，英格丽。"

"你还好吗？"

"好，好，我很好。"

随后她相较之前更为频繁地躲避克里斯蒂安的目光。这时候他看她的目光更为直白，更不知羞耻了；不止看她的脸了。她模模糊糊地想，这整件事上有什么辱没人的、一些阴森可怕的地方：他可不能这样伤害托尔比约恩，亏人家还请他过来呢，不过接下来就是为了其它感觉了，似乎不一样了，不那么焦灼了。

这时她想上床睡觉了，只是不知道，怎样才能如此突然地离席，还不显意外。她打了个哈欠，可没人作出反应。她等了一会儿，然后又打了个哈欠，说，她累了，然后站起来。克里斯蒂安抗议，明显大失所望，都让她有些尴尬了；她迅速地看了托尔比约恩一眼，看不出对方有什么表示。

在卧室里她听到说话声，然而只能偶尔听懂只言片语。她躺在黑暗中思索，却只有互不相关的东西，如一个个片段；她不快活，她不想承认自己有什么感觉：愉悦和攻击欲。

亮光让她醒来。托尔比约恩站在门口看着她。他光站在那儿看着她。她不喜欢这样，或许她做了个梦，内容不记得了。她装作还没完全清醒的样子，仿佛她在看，却没能定睛，她还转过身去——这下她看不到他了。

"贱人。"他轻声说，怒冲冲地。

她不说话。

"别装睡。"

她不回答。她可以睁开眼睛却不让他看到，她看了眼闹钟，两点半。

"该死的臭婊子。"他说，她听得到他的动作，他把鞋从脚上晃下来。她静静地躺着，心中害怕。随后她感觉到他的手抓住她的胳膊，他把她翻过来，让她脸朝上，她装作醒过来的样子，想不到更好的主意。他没松开手，说：

"要是你以为，我起早贪黑地干活，就为了养活一个婊子，你就错了。"

"什么？你说什么？"

"嘿，你不知道我说什么？你以为我瞎吗？你以为我没看见你是怎么勾引他的？"

他把她的胳膊抓得更紧了，他的脸靠得更近了，又难看又危险，她害怕了。

"回答我！"

她无法回答，能说的话都没用，一切都只能愈发刺激他的怒气。

他一直抓着她，抓得她很疼——接着他松开她。他扯开她的被子，把它扔到地上，仍然用那双预示着灾难的眼睛盯着她，先是脸，然后是身体，她在事情发生前就知道了：他抓住她睡衣的领口，用力一扯，把衣服撕开。她把脑袋甩到一边，避开他，想着自己可以叫喊，但要在警告过他之后。

"我要喊了。"她说。

"喊啊，挨千刀的婊子！"

她没有喊，她转开脸，屈服于他身体上的强势。很疼，可同时她感到了一种自由，一种置身事外的冷静，心下澄澈。

他几乎立刻就高潮了，比平时快得多，虽然他里面满满的。这让她生疑。

他从她身体里抽出来，输了；她相信他是很有自知之明的，所以他该知道：他赢了，又输了。一个念头如闪电般清晰：这下他输了，这下我更自由了。他背朝着她躺着，光线从天花板上的灯中流下，这个想法她其实已经体验过了，只不过没有这么清晰，没有用这么明白的话说出来："如果你以为，我起早贪黑地干活，就为了养活一个……"

托尔比约恩静静地躺着。英格丽站起来，感到自己急迫地需要洗澡。她希望——却知道这不会发生——他问她要去哪儿，因为那样她就会回答说：去洗澡。

她回来，关上灯，没看他一眼。然后她在黑暗中躺下，感觉呼吸急促得异常。

第二天她又平和又安静，也不失友善，可不知怎的有些恍惚。她躲避着托尔比约恩的目光；他却没像她预料中的那样有很大变化；看来他不像她以为的那样有自知之明。

只有一次她间接地触及到了发生过的事。午饭后不久，她和托尔比约恩与克里斯蒂安独处，这时刻是深思熟虑后选好的。她看也不看他，轻描淡写地说她有望在古德蒙德森的布店里得到一份工作。没这回事，这是她编的，可她知道自己在说什么。你要工作干什么？他问，她回答说，她起兴要出家门看看，整天就只在家很无聊的。就只呆在家里？他说，可她还有她爸和乌妮啊，得照顾他们两人。这时她径直站起来，仍然对他看也不看，然后平静地——相当平静地——进了厨房，她知道，这就是最好的答案，她把他连同他那堆问题和论证晾在了那儿，她知道，十分清楚地知道，自己应付不了他的。

周六晚上她早早上床，没被弄醒。次日她仍然沉默寡言，托尔比约恩和克里斯蒂安下午开车走了，他们提前走了，也没跟她亲近。英格丽又是松了口气又是郁郁寡欢；她在厨房桌子旁坐下，哭了，她很久没哭了。她感觉如此地孤单，还感到一阵软弱无力——什么都跟以往不同了。她三十九岁了，未来已经没有了。她听到脚步声，想要振作起来，可是太晚了，乌妮走了进来，什么都没说，只能看着。接着她走到她身边，轻抚她的头发，就仿佛什么都知道似的说：

"别哭，妈妈。"

她不哭了，却一动不动地坐着，这只手在她头发上的感觉真好。然后她突然害怕乌妮以为她是因为托尔比约恩走了才哭，于是不安起来：乌妮不能这样想，那样就辱没她了。

"傻男人。"她说。

乌妮知道自己不可以提问题，这里的情况跟某些妈妈不能回答的东西有关。她更希望不是这样。一道灵光闪过，原来父母和孩子之间必须有很多东西要一直不挑明，一直隐瞒着，父母彼此间的忠诚可以促使他们面对孩子时沉默。

她这么想的时候，注意到小路拐进树林的地方有什么动了一下。她不再继续思考了，只是一边继续抚着妈妈的头发，一边说：

"看啊，那儿站了个男的。"

母亲的迅速反应让她惊疑，仿佛她说了什么重要的话似的。她感觉下方的身体突然变得僵硬、绷紧了。

"怎么啦?"她问。

英格丽站起来,走到窗口。现在他看到我了,她想。乌妮在这儿啊,她想,却仍然感觉自己被勾了魂似的。她定睛望着他,却无法辨别出他是否在回应她的目光。

"怎么啦?"乌妮问。

"什么怎么了?"

"你怪怪的。"

"怪? 怎么讲?"

乌妮不回答,绕过母亲望向那个半隐在树后面的男人。她感到,母亲示意他自己在看他是件奇怪的事。

英格丽要让他知道,自己在看他,她忘了自己哭过。

"你认识他吗?"她问道,为的是在乌妮面前抢个先手。

"不认识。"

就在这时他动了,他沿路往这边过来,这时她可以清楚地看到他了,她不由自主地后退了一小步。他从房子和仓库之间穿过,消失之前看了看她,看了很久,她觉得。

随后她不敢转身,她不知道自己看上去如何。

"如今很少有人沿这条路过来了。"她说,尽力表现得自然,说完她走到水池旁去洗手。

英格丽读着其中一本杂志,这时是下午,托尔比约恩走后的星期三。她父亲坐在窗边的单人沙发上，一派懒散的样子。从早上开始就在下雨，此时云层间或撕开一块。她父亲望着窗外，眼中空无一物。英格丽不读杂志了，她不知道自己读了什么。她感到一片空虚，如同恐惧一般，它就像从虚空中变出来似的，侵袭着她，就像一份突如其来的、铺天盖地的孤寂。

她蓦地站起来，为了撑开这感觉，因为与之相伴就无法生活了。

她躺在床上，想要睡觉，这是同一天晚上。也不知为何，她想到了不久前读到的东西：那是一种鸟，它下圆锥形的蛋，这样蛋就不会从狭窄的岩生蘸草上滚下去了，这种鸟在蘸草上筑巢。屋子里很暗，她清楚地看到眼前有一面陡峭的石壁，斜着矗立在海上，一只巨大的棕色鸟在一枚形状像松果的蛋上往下望。那种孤寂感一下子侵入了她，还有那恐惧。她迅速打开床头灯，可这还不够，她站起来。她走进客厅，把那儿的灯也打开，还有收音机，不耐烦地等着声音出来。声音响了，最坏的已经过去。可一份无助和一份不安还留在她心中。

她从花园里搬出一把椅子，把它放在房前的阳光里，这是温暖安静的一天。托尔比约恩打来电话说，他这周末不回家了，这挺不寻常，可她平静地接受了。她坐在花园椅子上，在和煦的阳光中，他不来，她也不难过。她倒也不为此而高兴，可这不知怎的并不重要。她感觉阳光舒适，感到皮肤上的暖意，这样很好。她靠在椅背上，面对着太阳，任由各种想法来了又去，是什么想法，她后来都不记得了。她很舒服，毫无防备。突然间坏了，仿佛是来自晴空的霹雳，不，仿佛来自一朵乌云，因为仿佛太阳消失了，她冷得颤抖，却是心中发颤，阳光温柔如前，可一阵冰冷席卷了她全身，她被完全摄住，她想：没有意义，一切都没有意义。霎时间她又看到那陡峭山崖薹草上的鸟儿，除了蛋、鸟和山崖之外只有大海，无边无际。她必须站起来，设法甩开这种摄人心魄的力量，她根本不知道，这整段时间里发生了什么。她站起来，下到租出去的耕地那边，然后折回来，又上这边来，到花园的椅子和房子旁边，他站在那儿，那个男人，在小路拐进树林的地方，他正站在一个画架后面，这样就什么都清楚了，令人失望，可也让人安心，不过首先还是失望，他站在那儿理由充足，逻辑清晰，他是个画家，找到了一个题材。

空虚不再摄着她了，她回到椅子旁坐下。一个画家啊，她想，他看起来根本不像。我还以为……不，我没有，我从没以为，不是认真的，这么疯狂的事。

她一直坐着，不知多久，尽管她想进屋去看看那个男人，不让他发现。突然她想起城里那栋房子，她小时候住过的，那儿有两个对着街道的门镜，她可以躲在房子里观察所有在人行道上走路的人，其中一面门镜在厨房窗户旁，另一面安在客厅窗户旁。这样她就能看到很多奇事，还不让人发现。有一次，那时她还小，她发现两栋楼开外的马尔廷森太太在外面把脑袋往墙上撞。她把头往墙上撞，撞了一次又一次，撞在她那栋房子的墙上，那时她少说也有五十岁了，真不可思议，这么一个善良又友好的人，这把年纪了，在做这种事。她至少把脑袋往墙上撞了十五下，那是在晚上，让人费解，可她看到了这一幕。

她站起来，偷偷摸摸地往前去进了屋，穿过夏季房门。她走过客厅，进了厨房。她把镜子从水池上拿下来，把它靠在放面包的盒子上——这下她就能站在灶台旁端详他了，还不让他发现。她站在那儿看着，没太多可看的，这样子他显得更远了。她感觉自己有点儿蠢，太蠢了。她走到桌子旁坐下，从这儿她直接看得到他。

她想去树林里散步，这是天经地义的事，他站在那儿，她也没办法啊。她不尝试去欺骗自己。我知道为什么，她想，可他不知道。

她穿过防风门出去，关上门，把钥匙藏在惯常的地方。她朝那画家走去，清楚地感觉到，自己在做某种不该做的事。她瞅着地面，经过他身旁时却径直看着他，回应他的目光，点点头。他微微笑了，仅此而已。然后她走过去了。就跟我不可以顺着这路走似的，她想，仿佛延伸了这想法：我还有未来。她沿着小路走进树林，她有些意乱情迷。

她没走远，只走了几百米，然后在一块石头上坐下，想，他的模样跟她希望的一模一样。

她平静不下来。她折断了三根桦树枝，好像这就是她来散步的目的，然后往回走。

她步伐缓慢地朝那边靠近，直到他转过身来，这时她的目光掠过他的双眼，移到画架上：画布右侧有些绿色和黄色的东西。

她敞开门，把树枝放到一边。接着她在厨房桌子旁坐下，双目放空，她心中升腾起一个梦，一个白日梦。下次你再站在那儿，我要再次走过，到时候你就得用你的身子跟着我。

有人下楼。她倏地站起来，父亲打开门时，她已经镇定自若了。

可当夜晚到来，屋子里一片静谧，她独自一人，她又将那个白日梦放了出来。她赤裸地躺在床上，折着膝盖，中指插在她潮湿的阴道里。她看到那个男人向她走近，站定，她触碰他，他没有脸，只有双手和身体，她清楚地看到，他的性器想得到释放，它释放了，几乎是缓慢地，一根坚硬的性器，朝她靠近，和一根贪婪的、湿润的手指一起，那手指要释放她的性欲，它释放了她，目的坚定，却动作缓慢，哦，慢慢来，她想，来吧，她需要多少时间，他都给了她，他的性器爱抚她的阴蒂，这时她知道他要射了，现在他随时会抓住她将她填满，用他那坚硬柔软的……就是现在……现在你可以射了……啊！……啊……

之后她一如既往地良心不安，不过当时几乎仅仅出于习惯而不安。

每当那令人恐惧的空虚再次出现，他就照例进入脑海。生活变得不真实了，她感觉仿佛自己的生活中不再有日常百态。在所有新东西中，有一件对于她来说比别的更不可理解：她常常设想托尔比约恩跟别的女人一起出现在淫乱的场景中，然后她大发妒意，这是她此前从未体验过的。

然而那个照例进入她脑海的男人再不出现了。日复一日，她沿着那条小路而下，每次四周的树林都要绿一些、茂密一些。她在客厅和厨房里填满了獐耳细辛、银莲花和铃兰。她自己却抽身而去。乌妮发觉了这点，权当这是件可默许的柔顺心事，她的父亲也察觉到了，对此却有不同理解：好像她想要避开他似的。他觉得自己就像是车上的第五个轮子，多余又累赘，比以往更甚。英格丽对此一无所知，只是注意到他往城里或者别的什么地方去得更频繁了。

一天下午，她坐在厨房的桌子旁看报，如今她常坐在这儿。她的目光落在一则告示上。贝尔格的糕点房需要一名兼职工。

考虑一下吧，她想。她认识贝尔格，认识他，他们一起上过公立学校，见面会打招呼，就这样了。考虑一下吧。兼职工作。到人群中去。得到个身份。贝尔格的糕点房。为什么不呢。无论如何我可以去问一下。可托尔比约恩呢。

她一直坐着。托尔比约恩。她没打电话。乌妮回家了，她提到了这件事。乌妮说：

"好啊，去吧，打个电话问一下。"

于是她下了决心，晚上她的决心越发坚定，她梦想着不一样的日子，明天一早她就打电话，肯定已经晚了，肯定有很多人想要这样一份工作，如果还不晚，那就是命运的安排了。那样她就必须得工作。入睡前她梦想着另一种未来。然后她睡了，一夜无梦。

她醒来，满有把握自己要打这个电话。夏尔马·贝尔格接了电话，虽然还有其他申请人，但她可以得到这份工作。从八点干到中午十二点半。下周一开始。她答应了，道谢，没问这是什么样的工作，也没问工资。得到肯定的答案让她震惊了。

她一直震惊着，其它念头全部隐到后方。她不再去小路上散步。她把衣服放进洗衣机，这些衣服她本来打算下周再洗的。她给床铺上新床单，尽管根本还不用换，就为了办完这件事。她要成为有工作的家庭主妇了，到时候谁也不许说，其中一样妨碍了另一样。

可她想到托尔比约恩，想他会说什么，同时她突然开始想如何找一些不会伤害他的解释。他后天就回来了，这意思是，他来吗？他没打来电话。

他回来了。他很安静，却不失友好。她准备好了晚饭，吃饭时她跟他讲了。她没有解释，只是讲了出来。他没表示反对，没提问题。这样令人痛苦。她看着他，他的目光在盘子上。然后她看着乌妮，与她目光相接，乌妮的眼光深沉，而且——反正英格丽是这样解读的——仿佛知情一般。于是英格丽向她眨眨眼睛，不易察觉地摇摇头，这下乌妮在这令人难受的沉默中感到了一种奇怪的欢乐，她俩在一艘船上了，她是共犯了。

桌旁笼罩着一团深深的沉默，大家都比以往更为努力地埋头大吃，仿佛这顿饭，烤肠，是场隆重的典礼似的。餐具交错声，咀嚼的声音，只有这些了。英格丽想说些什么，可不知道该说什么。后来她说：

"好了。"

大家都看她，可她不说下去了。她伸手拿土豆，张嘴吃了，咣的一声把碗放下。她谁也不看，起劲地吃着。大家都看她，不过只是偷偷地看。突然她放下餐具，把椅子往后一推，站了起来。她还没吃完。她直接走了，每一步都在宣告自己的决心，就这样进了厨房，继续走，穿过防风门，出屋。愤怒如水蛭般吸附着她，上了小路后仍挥之不去。

乌妮不再吃了。她是个共犯。她把食指和中指放到嘴唇上，望着桌子。血液在她身体里怦怦跳动。接着她站起来。

"坐着！"

她坐下。

西威尔特·卡尔森清清嗓子，他这么做，就跟什么事都没有似的，别的他也不敢了，他朝盘子弯下腰，接着吃，他想，他得保持隐形，这样到了他们间的和睦崩塌时，他可以保全自己在这栋房子里存在的权利，眼下这和睦崩塌得渣也不剩。他想得到的唯一一个可以保全自己存在的方式，就是朝盘子俯下身去，他就这样做了，就跟没他这人似的，吃他的烤肠和土豆酸菜。

托尔比约恩把自己的盘子刮干净，放下餐具站起来。乌妮站起来走进厨房。西威尔特偷偷摸摸地瞥了一眼他的女婿；女婿往沙发上一坐，背对着他。西威尔特站起来，没让自己的椅子出一声，往上楼的楼梯去了，他走上楼，进了自己的房间，小心地把钥匙在锁眼里转了转，得救了。他就是这种感觉：得救了。

英格丽理了理自己的思绪，平息了自己的冲动。这花了一段时间。现在她回家了。她要装作没事人的样子，要把所有主动权让给托尔比约恩。她走进厨房，里面空着。她去了客厅，晚餐剩下的饭菜还在桌子上，托尔比约恩坐在沙发一角，背对着她。她开着水龙头，洗盘子。她思考自己接下来该怎么做。她感觉自己像个囚犯，被囚禁着。她想做什么就可以做什么，同时她又不可以这样。她可以再去树林里，可以进卧室，可以在厨房里坐下，可以进屋去他那儿。这些她都可以做，可无论她决定干什么，都是有后果的，她在考虑后果。

她端起咖啡和两个杯子，进屋去他那儿。他没看她。她给两个杯子倒上咖啡，坐下。托尔比约恩走到电视旁，按下开关，七点半了。对于她来说这是解脱和缓刑。她看着电视屏幕，看的是什么都不知道。她想，托尔比约恩也是一样，屏幕一样只是个辅助工具，让目光有地方放。她偷偷地看着他，他的面孔沉默又冰冷，嘴绷成一根细线，里面出不来好东西，现在不行。

楼梯上有声音。乌妮从自己房间下楼来了。

"我去本特那儿走一趟。"

"去吧。不过别太晚回来，好吗？"

"不会，不会。"

她走了。托尔比约恩盯着屏幕。英格丽续上咖啡，伸手拿自己已经看过的杂志，翻了翻，看着上面的图片。她觉得沉默仿佛在滋长，他俩中必须有一人马上说些话，她等得越久，开口就越困难，于是她说：

"我刚才那么生气，很抱歉。"

没有回答。

"我就是感觉你太埋汰人了，因为你什么都不说。"

"我在这座房子里没话可说了。"

"哎呀，托尔比约恩……"

"我对此无话可说。"

"你当然要说。"

"我整周独自一人过活，就为了……现在你突然想去工作……我挣得还不够吗？"

"独自一人，你说，那我呢？我多孤独啊，我都觉得自己慢慢要发疯了，你希望这样吗？"

"那乌妮呢？"

"乌妮？"

"对，乌妮。要不管她吗，就因为你……"

"因为我什么？你以为我会把她……再说乌妮自己也说了，我应该去申请工作，我觉得你不该利用乌妮做借口，跟她没有关系。"

"爱干吗干吗。我以后不住这儿了。"

她不说话了，没什么好说的，她也没那么生气了，不再气得光说不好听的，她觉得最好让自己心中的肆虐欲降下去，这样他俩可以平和相处。然而这时托尔比约恩说：

"你以为，我是因为自己愿意，才决定干这种住宿舍的活吗？"

她不回答。她的心跳得更快了，她等待着。

"我是为了你跟乌妮。"

她无法再沉默了：

"可能吧。可我没劝你去干，你别忘了。"

"因为你当时不清楚状况。"

"为什么不清楚？谁拦着我不让我弄清楚状况了？我说没说过，我愿意去找份工作，为的是多挣点儿钱，你当时问没问我，我是不是想侮辱你？我没那么想。"

"现在我这话拦不住你了，是不？"

英格丽沉默了一刻，她的心剧烈跳动，随后她说：

"我不是侮辱你的那个人。"

他站起来，原地站了一会儿，看着她，他的目光恨恨的。他盯着她，却没说话。然后他快步走向电视，把它关了，大步流星地离开客厅。现在是怎样，英格丽想。过不了多久她听到防风门响了，于是站起来，站在窗帘后，看着他匆匆沿路离去。

深夜他回家，喝得烂醉。英格丽醒来，他动静响得跟一头巨兽闯进家来了似的。她犹豫了，然后站起来，穿上浴衣，走进客厅，从那儿进了厨房。他坐在厨房桌子旁，脑袋靠在桌面上，她看不见他的脸。

"上床去吧。"她轻声说。

他出了一声，仿佛在试着回答，却没能把话说完。她用胳膊环住他，想帮他起身，说：

"来吧，托尔比约恩。"

他抬起头，朝着她的那半边脸上血迹斑斑。

"上帝啊，怎么回事？"

他咧嘴笑了，学她说话：

"怎么回事？"

"托尔比约恩！"

"上床去。"

她去拿了条手绢，用温水把它弄湿，想给他擦去血。可他把她推开。

"上床去！"

她看到没有割伤，看样子似乎是他一头冲到混凝土墙上了。

她把手绢放在桌子上，走了。她上床躺下，等着，可他没过来，她不知不觉地睡下了。天快亮时他来了，可是声音轻得很，让她意识到自己不该听这些。

"昨晚爸爸怎样？"乌妮问。

"他只是喝得烂醉，把自己的脸擦坏了。吵醒你了？"

"他揍他自己了？"

"看样子更像是摔的。"

"他回家来，然后马上又走了。"

"我不该那么生气的。"

"你觉得是你的责任吗？"

"如今你爸有些反常，你肯定注意到了。"

"因为你？是你的责任吗？"

"算了吧，乌妮。"

"你为什么不想跟我说话？"

"你这话什么意思？"

"这跟我也有关。你真傻，你以为，我什么都没发现，可你才是这儿什么都没发现的人。妈的。"

"不准这么跟我说话！"

"我在外面就这么说话，在这儿也可以。不过在这儿不准人说实话，我看出来了。你为什么不跟我说出了什么事，让我也知道自己的处境？还是说我不该知道，你希望这样吗？"

213

"你在说什么？"

"你自己清楚。你以为我又聋又瞎吗？你以为你一打响指就能把我轰开，可这样你就不懂你在做什么，或者你其实懂，不过那样就更糟。"

"别说了！"

"不行，我不能不说，老得做小天使小宝贝，什么话都不许说，我受够了。我在这儿跟你一样是在自己家里。我也有话要说，如果不准我说，我也一样可以偷偷溜开，把你跟你那堆秘密晾在这儿。上帝啊，妈，你们什么情况，我看得见，你以为你装作什么事儿没有就是保护我吗，你真这么蠢吗？我真没想到。"

"你不懂……"

"当然咯，我不懂，我只不过是蠢蠢的小家伙，什么都不懂，你觉得是这样吗？我这就告诉你，我懂，跟我相比，爸对你来说更重要，你当然有权这样比较，可你也可以把话这样说出来啊，你行吗？那样我至少就能知道自己的处境，而不是……"

"不是这样的。不能这样比较。"

"当然可以，可以这样比。现在你得好好听我说，就这一回，我没那么傻，都不晓得自己在说什么。爸爸不希望你去工作，虽然你想去，虽然他整周整周地不在。可我在家，我觉得你接受这份工作挺好，因为我知道这对你重要。爸爸只想着自己，你也知道，不过你也只想着他。爸爸不站在你这边，可你总在他那边，我只是你女儿，我不算什么，别人都不用跟我谈次话。你知道吗？事实上你对待我的方式，跟爸爸对待你的一模一样。"

英格丽没说话。乌妮站起来，把椅子狠狠地往后一推，说：

"就不该有父母。"

说完她走了，大声砸上门。

托尔比约恩站在房前的阳光中，望着他曾经的土地和农田，这些都租出去了。英格丽站在客厅窗户前，望着他的后背。西威尔特沿路走过来，他去了趟墓地，又进了趟城。再过几个小时托尔比约恩就要回工地去了。他大概在想，回家这趟真不值得，英格丽想，一下子她开始为他感到难过了。这高大、强壮、脆弱的男人啊。她想，她不能就这样直接又让他走了，太可怜了，于是她走到门口，打开门，但接下来又停住了。她又关上门，站在门前想：为什么我就该做他不做的呢？然后她还是开了门，出去下了台阶。她站在他身边，什么也不说。就现在这个样子，没什么她能说的家常话，其它话突然间都显得太意味深长了。她从他身边走开几步，但没远到让他想说些什么时没法对她说。他没说话，过了一会儿他转过身去，往房子那边走了。她跟着他。

"你为什么这样？"她问。

他不回答。

"你更希望我不接受那工作吗？"

他不回答。

"要离开家走了，你很高兴吧，是不是？"

这时他转过身，看着她，她吃了一惊。她站住了，不再跟着他。他走上台阶，进门去了。

她没跟着他进去。首先她不知道，自己在他的目光里看到了什么，只知道她应该保持点儿距离，她绕着房子走，拐进了小路。在那如今已长出很多绿叶的树丛之间她理解了，他对她没感觉了。她想：他不再爱我了，这正是她还从没想过的，不知为何她轻松了，不过只是最开始轻松了一会儿。

她本来想要再呆一会儿，直到他走了，可现在她却折返回家。

但她来晚了，他出发得要早一些，正好要走，却无端早了一个小时。她从树林里出来时，甚至看到他走在下面的路上，于是她喊他，声音大得肯定能让他听到，喊了两遍，可他没转身。这下她火冒三丈，跑着追他，她在快到乡间公路的桥那里赶上了他，上气不接下气，什么都说不出来，可他能说话，他说：

"如果你是位王后，我就是位国王了。"

他接着走了，她站着不动。他没转身。

晚上她烤了华夫饼，她自己也不太清楚为什么。看上去她不像是高兴才烤的，后来她跟父亲还有乌妮坐在桌旁，不知道该说什么。她感觉这阵沉默很不舒服，就说了些不痛不痒的废话，因为这融洽的一小伙人并不融洽，就跟托尔比约恩长长的阴影落在饭桌上了似的。华夫饼很好吃，她父亲说，乌妮也说，可华夫饼并不是全部——一道阴影落在华夫饼和草莓酱上，令人难以下咽。

想到托尔比约恩那样痛苦又孤独地离开家，英格丽突然感到痛心不已，她难过得站了起来，走进卧室，哭着扑倒在床上。她哭了很久，把所有眼泪都流出来了，却没能摆脱那掺杂了同情和自怜、不清不楚的感觉。后来她睁着干涩的双眼躺在床上，听着客厅里轻微的说话声，遥远含混的细语。

"他打好了包，"西威尔特对乌妮说，"然后一句话不说就出门去了。他在路上走了一段之后，我听到你妈喊他，然后她跟着他跑，可他就跟没事人儿似的，后来他在她赶上之前转过了拐角，再后来也看不到她了，不过再后来她很快就顺着路走回来了，别的我就不知道了。不过她不高兴，我看出来了。"

英格丽站起来，感觉她不能再不解释为什么就这样呆着了，她没有解释，没有可以用语言表达出来的解释。她试着想出一些话来，一些不偏不倚、避重就轻的话，她走进客厅，说：

"天哪，我真害怕明天，最好还是去辞掉吧。"

"你不会的，"乌妮说，"是不是，外公？"

"当然不会。"

"你不会辞掉的。"

乌妮的热切让英格丽有点儿高兴，嘴上却说：

"你说得容易。"

"是啊，可我们是三比一。"

"三？"

"是啊。我们仨对爸爸。"

"乌妮！"

"怎么，不对吗？"

"现在我们不要再谈这个了。"

"现在我们不要再谈这个了！"乌妮学她，"你就这样。什么都不看，什么都不说。那就去辞了工作见鬼去吧，要是你想这样的话。"

"现在给我闭嘴。"

"为什么？我只是说我想的。"

"你怎么这么不讲理了。我都根本不认识你了。什么都这么混乱了。"

"不是什么都，不过很多事都乱了，这你是清楚的。我就该直接把这些都忍了，是吧？可如果爸爸举动就跟个……跟个……那很容易装作什么事都没有。"

"不准这样说你爸爸！"

"上帝啊，看你这样子！他不是位圣人吧，他是吗？就因为他是我爸，所以他就无可指摘了？我不用非得喜欢他不可，就因为我恰好是他女儿。要是谁也不准对自己的父母加以批判，这世界该是什么样子啊？"

英格丽没主意了，这一来她发怒了，她说：

"你说的都是蠢话。"

"别人可不这么看！"

"给我闭嘴！"

乌妮站起来。

"再见！"

"你还想走吗？"

"对！"

"现在？"

"对!"

她快步上楼进自己的房间，拿了钥匙和钱包，然后又下楼出了家门，跳上自行车，沿路飞快地骑开，仿佛迟到了似的。但她原本打算在家过夜的，她没有约会。

乌妮站在公交车站前，和安妮一起。她有点儿冻着了，却不愿回家。这时是十点半。她从安妮那儿讨了根烟，鼻子里呼出烟雾。

"你怎么回事?"安妮问，"没来例假还是怎么的?"

"瞎说。"

"那怎么回事?"

"如果你认识的那些人可以读出你最隐秘的想法，你会怎样?"

"他们读不出来。"

"我知道。可万一呢?"

"杀了我吧。"

"就是这样。"

乌妮把烟扔到沥青路上，把它踩灭。

"再见。"

"再见。"

她推着自行车，不慌不忙。

英格丽听到她回来了。她很想出去对她说些话，一些让这一切都仿佛没有发生过的话。可她没能做到。这世界不再简单了。明天她要去做一些不该做却非做不可的事。一些逆反的事，却是正确的。

夜里她梦到老鼠。她用一个鼠夹子逮到两只老鼠，想到要弄死它们却觉得恶心。她决定让它们饿死。过了几天她进地下室去弄走老鼠的尸体。然而老鼠把鼠夹子给啃开了，现在都跟猫一样大了。它们扑咬她，紧紧咬住她的双乳，她尖叫着，醒来。

她不敢再次睡下，那梦还固守在她心里。五点半了。她站起来。她要去上班了，她要开始一段新生活了，这恰恰是她现在最不想要的。她坐在一杯咖啡前，望着屋外的雨。时间静止了。

老板还没到。一位女同事，优伦·汉森带她去看当衣帽间和休息室的后室。她说，英格丽在第一天只用做自己有兴趣的事。之后老板来了，他很友好，说了同样的话。

"看看商品价格，"他说，"观察一下汉森女士在做什么。"

英格丽感激地点点头。这天余下的时间里她背下了商品价格，仔细观察了优伦·汉森，后者站在柜台后面，卖面包和糕点，看上去不难。英格丽练习包装要外卖的蛋糕块，这不太容易。临近下班时间时，她卖掉了两块面包和四块法式千层酥，感到很高兴。

三天过去了，英格丽站在柜台后，感觉不错，可托尔比约恩毫无音讯。两周之后她开始不安了。她写了封信，没有寄出去。现在是夏天，再过三周托尔比约恩就放假了，之后呢？三天后她又写了封信。她讲，她工作得挺顺利，家务活也没有因此被耽误。结尾她写道："我希望你周末回家来。祝好，英格丽。又及：我不是王后。"她对这封信不太满意，却把它寄出去了。

他没有来，她还是没有他的音讯。周日下午她走进卧室，扑倒在床上。不是因为她想睡觉，她仰面躺着，望着房顶。她没想什么特别的，种种念头来了又去，从她脑中穿过，毫不停滞。后来她望见遥远的前方有一片平原，那也没什么特别之处，可接下来那平原似乎向她这边延伸开来，仿佛一下子就要扩张到她身体里，突然间，在一阵短暂剧烈的空虚之后，恐惧侵袭，残酷如雪崩。一时间她犹如躺在坟冢之中，想站起来，却做不到，她不知道这要持续多久，后来她跳起来，跑进浴室，拧开水龙头，把水拍到脸上。

自己大概要疯了，这个念头此前最多也就远远地掠过她。这时，当她在水池上方的镜中注视自己的眼睛时，它直直地击中了她。

英格丽站在柜台后感觉不错，四个半小时过得很快，她每天挣一百十七克朗。自从十九岁之后，她就没挣过钱，第一次拿到付给她的工资时，她很高兴。她心中欢唱，忍不住，骑车回家的路上她哼出了声，直到她蓦地想到：这些托尔比约恩永远不会懂的。这个念头是欢乐上的一道裂痕，不过还是欢乐的比重更大，这个念头被挤到一旁。

然而他又来了。

再过一周多就到他的假期了，她还没听到他的音讯。她不知道这具体是什么意思，不过再见他不那么容易了，这时她已经知道，她不能再像以前那样注视他了，知道她要表现出自己仿佛良心不安的样子。

但是她挣来的钱都归他，她已经决定好了。她自己一分钱也不留，都放进家庭账户里，他的账户里。

她越来越常问自己爱不爱他，回答是又爱且不爱。两种答案都载满了各类隐忍，各种绝望。

她常常回忆起，自己带着第一份工资回家的路上想了什么：这些托尔比约恩永远不会懂的。她越发清楚，是那样的。

他放假前几天里她的不安感增长了，不过恐惧感没再突发过。她害怕托尔比约恩踏进门的那一刻，她父亲和乌妮都感觉到了。她又烦躁又亢奋；一天下午她叫喊起来，因为乌妮没拧上牙膏盒盖，她对她破口大骂，说她自私，这次爆发来得毫无缘由，乌妮都认不出她来了。乌妮有句倔强又冒失的回嘴都快说出口了，可她忍住了。这时英格丽用尖利的声音叫道：

"我跟你说话时你最好回答我！"

"天，你这么紧张干吗？"

这下英格丽受不了了，她向前一步，想扇她耳光，可乌妮躲开了，一巴掌扇空了。乌妮又往后躲了躲，不可置信地看着母亲，惊愕道：

"你失心疯了还是怎么的？"

说着她就出去了，英格丽站在房间中央，心中是铺天盖地的雪崩，是一团混沌。

这一天到了，托尔比约恩到了。他不算生硬，却矜持，近乎礼貌，就跟不是在家一样。他与英格丽之间横亘着许多未说出口的话，一直未能说出口。他们吃晚饭，喝咖啡，看电视，四个人都又友善又自持。他们扮演惬意的一家人，可一丝惬意都没有。他们看电视，电视屏幕遮掩住他们；一逮到机会大家就由衷地笑成一团。

夜深了，节目结束了，西威尔特说了晚安，英格丽和乌妮把咖啡杯端出去，乌妮去睡觉了。英格丽清理了客厅，很快她就要去睡觉，跟与她结婚十九年的那个男人睡同一个卧室，她倒更想避免这样。他们之间的距离变得如此之大，她产生了很多念头，离他那么遥远，她懂得自己并不了解他。

托尔比约恩站起来，伸伸他块头很大的腰身，出声打了个哈欠，说，该睡觉了。英格丽说是，她同样打了个哈欠。他们熄灯，走进卧室，脱衣服，刷牙，躺下。英格丽摸摸他的肩膀，说晚安，又缩回手，不太快也不太慢，听到他也说了声晚安，躺着等待，什么也没发生，她等了很久，可他没过来。

周六，天很热。托尔比约恩躺在房子南墙边的大桦树的阴影中。英格丽站在卧室窗户边，望着窗外的他，想：我也可以当王后。现在我什么都不是。我都没敢把工资交给他。

那天晚些时候她把钱交给他了，当时他进厨房喝口水，她试图让这个举动显得挺平常。

"啊，对了，"她说，"来，这是我挣的。"

她打开抽屉，钱一段时间以前就放在里面了，她把那叠钱交给他。他看着，英格丽觉得他有些不知所措，他没接过。

"不赖。"他说。

"差不多两千克朗呢。拿着。"

"什么意思？这是你的。"

"是我们的。钱的事你管。"

他看上去不安了，然后说：

"我管我的钱，管我挣的钱。你管你的。"

"为什么？我们的东西都是一起的啊。"

他耸耸肩。

"是一起的。"

"我的钱是我们的，你的就是你的。"

这话正中红心，这下她是女王了。她把钱放回抽屉，砰的一声放回去，就着砰的一声说：

"那就算了！"

托尔比约恩走了。

那就算了，英格丽想。无话可说的时候过去了，幻觉消散了。从现在起一切都能清楚了。

可还远不够清楚。晚上托尔比约恩进了城。英格丽忐忑起来，一下子不知道自己该怎么办了。托尔比约恩在又不在这里，给了她一种束缚感，新的，更不踏实的束缚感。晚上很暖和，她沿路走出去，穿过出租的耕地；她想，如果托尔比约恩并不拥有这块地、这个大院，他大概也没想到他会拥有我。下午的话还在令她痛苦。"我的钱是我们的，你的就是你的。"这话看似慷慨，实际上却吝啬，是从一片广袤的贫瘠深处说出来的。说话的人是个奴隶，想要就此把她变成自己的奴隶。她明白这些。

随后她思索。我太不值了，我值得更好的。

他到家时，她已经在床上了。他喝酒了，但喝的不多。她立即觉察出他要跟她做爱，当他把手搁在她胸脯上时，她说：

"现在不行，托尔比约恩，我没兴致。"

他收回手，就跟烫着了似的，但他什么都没说，一句话都没有。

第二天早上，他表现得仿佛什么都没发生似的，几乎跟过去一样，英格丽想，她感觉轻松了，同时感觉自己被骗走了什么。直到下午，他突然间轻描淡写地、就像顺带一提似地说，仿佛答案毫无意义一般：

"你想离婚吗？"

"不想。"

他们坐在树荫里，这一天很热，他们在喝咖啡。二人不再说话，过了良久。英格丽偷偷看着他；他看上去，仿佛既没提问题，也没得到答案；这副模样令她恼怒，她问：

"你想吗？"

他没回答。她等着，可他不回答，于是她想：他大概以为这样就可以折磨我了。

她又等了一会儿，毕竟答案还是可能说出口的。可是并没有，他坐在那儿，占据着上风，她明白，她站起来走了。

晚上托尔比约恩又进城了。他很晚才回家，她假装睡着了。夜里不知何时，她醒来了，因为托尔比约恩睡得好不安稳，他叫喊着什么听不懂的话，剧烈地来回躬身，但她没叫醒他。

周一。她从糕点房回家。冬花园的门关着，房子里空无一人。一份打开的报纸掉在客厅正中的地上，她把它捡起来，折上，带着进了厨房，坐下。她下班回家，而他在家里，这是第一次，可他不在。她有点儿不安，却追究不出缘由。

她出屋去，现在做饭还太早。她沿着小路走，许久以来头一回，那里阴凉。过了一会儿，她听到前面有声音。就像在用斧头砍什么东西，但没那么有序。她站定，倾听，然后慢慢地前行，她恍然大悟，那声音肯定来自那栋眼看就要塌了的旧小屋，它在路旁不远处；托尔比约恩说了好多次，他想把它拆掉。她拐弯，从荒芜草地北面的树丛之间穿过。在石墙前几米处，她站住，往那边张望。小屋差不多没了，只有一堵墙还立着。托尔比约恩正好在休息，他光着膀子，弯腰坐着，背对着她。她想离开，别让他发现自己在这里，可树林里突然这么安静，她害怕他会听到自己的动静，就这样她继续等着。他蓦地站起来，上半身直接往后一仰，就这么挺起来，双臂举过脑袋——然后大吼起来。咆哮和号哭掺杂在一起，英格丽一时间犹如麻痹了似的站在那儿：这不可能，别人谁都可能这样，但绝不会是托尔比约恩！

她匆匆赶回家。

托尔比约恩一小时后回来了。英格丽摆了一桌子饭菜，大家吃饭。英格丽没问托尔比约恩去了哪儿，他也没主动说些什么。饭后他要睡午觉，英格丽不想冒险再拒绝他一次，就说，她去洗碗。洗完后她出门去了。在外面她感觉最自由；这一次她开始放飞自我时，感觉不如以往那么自由，她常常不知道该让自己去往何方。她顺着小路走，这一天的第二次，同时想：这值得吗？——过去一切都要轻松得多。我只需要顺着他的意愿……

晚上托尔比约恩又进城去了。她不问他要去哪儿，她想，这不关她的事，不再有关了。

她早早上床了，好在他回来时睡下。可是睡眠没有降临。她等待。她想：他最好根本别回来了。

可他回来了，而且不清醒。他要和她上床，她说了跟昨晚一样的话。但这回他不放过她了，就仿佛他已经料定了她会拒绝自己，并计划好了不准她这样，他毕竟有自己的权利。英格丽听凭他了，她害怕，他心中已经不再是爱意，只有权力。

他喷射在她身体里，她想：最后一次。他翻身从她身上下来，她想：最后一次。他已经利用了自己的权力，坚定了她的反抗。

她走进浴室，坐在马桶上，让他的精液从她身体里滴出来。然后她哭了起来，轻声道：上帝啊，我该怎么办啊。没有出路了。我不知道该去哪儿。我所有的一切，就是这个地方。乌妮。爸爸。一切。

真实在她心中如一把沉重的锚沉了底。她所有的一切都在这里。她哪儿都去不了。

她站起来，洗了洗下身，又慢又彻底，就像一场仪式，不过没有再想他占有她时自己的体悟：最后一次。

接下来的日子里她避开他，不是非说不可的话就不说。托尔比约恩晚上呆在家里，让英格丽很高兴。他再喝醉酒回家，是她最害怕不过的事。她看出来，他就像是被监禁了，她也知道，酒精可以让他潜入的坦克车危险地乱窜，这些她过去已经经历过了：她恐惧，却无法想出或许可以让他情绪温和些的对应办法。因为她对他已经感觉不到善意了。她问自己是不是恨他，她的回答是也不是。"是"的想法吓了她一跳。偶尔她不易察觉地看着他，震惊于某种类似于同情的感觉，不过那感觉转瞬即逝。

周五，他们吃晚饭，桌上一片死寂。乌妮放下刀叉。沉默依旧。乌妮僵直地坐着，双手藏在桌沿下。然后她说话了，谁也不看，声音却太大：

"我不想再住这了。"

没人回答。她站起来。

"坐下。"托尔比约恩说。

"不。"

"坐下！"

她仍然站着，托尔比约恩放下叉子。她仍然站着，直勾勾地看着他。他把椅子往后一推，站起来。英格丽同样站起来，她说：

"你别碰她！"

托尔比约恩转身朝她走去。乌妮叫喊起来。但托尔比约恩朝乌妮走过去，静静地，几乎是很慢地。英格丽挡到她前面。托尔比约恩把她推到一边，她摔在了地板上。乌妮抬起一条胳膊挡在面前。

"坐下！"

她还站在那里。她的嘴唇颤抖着，眼里噙着泪水，但她没动。

英格丽叫起来：

"坐下，你没看出来他疯了吗？"

托尔比约恩没在英格丽旁边停下，他从她身边走过，走到水池边。水池旁挂着一些框在灰色相框中的家庭照片：英格丽的父母和他的父母，乌妮接受坚信礼的时候，婚礼的照片。他一拳打到照片上，玻璃碎了。碎玻璃大半留在相框里；他把它们弄出来，慢慢地，有条有理地，把它们扔到地毯上。接着他把照片的右侧从框架中掏出来，然后把一整张相纸撕成两半。他似乎早考虑好了，就跟做好了计划似的。英格丽那一半留在相框中，他站着，手中拿着自己的一半。他向英格丽走去，手中拿着自己，在她面前站定，在她头顶上把自己撕成小小的碎片，让它们飘洒到她身上，慢慢地，接着他用痛苦得变了调的声音说：

"够了。男人的忍耐是有限度的。你以为总是你说了算。现在你可以往这些碎屑上随便踩——不许再往我身上踩了。"

他走进卧室，关上门，开始收拾东西。英格丽慢慢地站起来，没法集中思绪。她把碎片收拾起来，却几乎不知自己在做什么，走到沙发旁边，在角落里坐下，这样就没人看得到她的脸。乌妮看着她的后背，它好像直得不自然，近乎僵硬。她不敢往她那边走，她不理解发生了什么。她看到外公穿过屋子，上了楼梯，走得那么慢，那么小心，仿佛不得不在黑暗中摸索似的。她想：我做了什么，这里发生了什么？她想走，却还是又看了一眼沙发上那个有些过于僵直的后背。她在空荡荡的餐桌旁自己的椅子上坐下，每个盘子里都有剩饭菜。她父亲走进浴室又回来，她无法看向他。她本来才是那个想要离开的人——现在他要走了。这时他从卧室里出来，手里提着箱子。他放下箱子，向她走去。她没法抬头看他，却看到了他伸给自己的手，她握住了这手：

"抱歉。"

于是她站起来，搂住他的脖子。可她什么都没说。她心中打翻了五味瓶。她松开环抱，看着他，他却迅速转过身，走了。

她重新跌坐在椅子上，迷迷糊糊地想：他说让我坐下时，我为什么没有坐下，我应该照办的，那样一切都会不同。然后眼泪犹如绵长的波浪，从她内心最深处升腾出来。

很久之后，她感到自己肩膀上的一只手，还有捋着她头发的手指。它们捋啊捋啊，一开始她希望这永远不要停，然而后来这些动作没停，她却无法继续忍受自己坐在这儿，充当不幸的中心。她继续坐了一会儿，因为害怕看到母亲的脸，后来她慢慢地站起来，转向她，却不能理解自己所见到的：那双眼睛干净明亮，无论在这双眼睛里还是在那张脸上，她都找不到预料之中的绝望或者崩溃，这让她害怕，她想，母亲还根本没领悟到发生了什么。

"他走了。"她说。

"是啊。"

"太可怕了。"

"是啊。"

"是我的错。"

"你？你不懂……不，根本不是你的错。"

她母亲的声音不知怎的听上去很陌生，仿佛心不在焉，仿佛她自己也不太懂得自己的话，这时母亲说：

"大概我们中有一个人必须得离开，早晚都得走。他不那么习惯失败。我只能希望，他永远不要对自己的胜利产生怀疑。"

乌妮想要说些什么，可之后她发现，她的母亲已经精疲力尽。她的嘴角开始发抖，她的双眼开始发亮。她干咽了一下，用沙哑的声音说：

"我去躺一会儿，行吗?"

乌妮站了一刻，倾听闭着的门后面的哭声。然后她收拾了桌子。

鬼　牌

　　十一月末的一个周六晚上，我跟露西独自在家。我坐在窗边的椅子上，她坐在餐桌旁，摆单人纸牌戏，最近她总摆单人纸牌玩，我不知道为什么。我想，或许她害怕什么东西吧。太热了，她说，你能不能把窗户稍稍打开一点儿。我也觉得挺热，外面则异常舒服，于是我打开窗子。窗户对着房子后面的花园和一小片树丛，我在这儿站了一会儿，聆听柔和的雨声。或许这就是原因吧，这细雨，还有这沉静，反正有时候会发生的事情发生了：一团巨大的空虚降临在头上，就仿佛存在的无意义感悄悄爬入心灵，犹如一片无尽的、光秃秃的大地般衍生开来。可以关上窗了，露西说，虽然我还站在那儿朝外面望。我出去一会儿，我说。现在？她问。我关上窗户。就一会儿，我说。她继续摆牌戏，没抬眼睛。我走进门厅，拿了防水帽和雨衣，这些是平时天气不好时，我在花园里干活时穿戴的。或许正因如此，我要进花园，而不是走到路上去。我走到最底下，种羽衣甘蓝的地方，那儿有张没靠背的短凳子，从露西继承这栋房子之前就在这儿。我坐在细雨和黑暗中仰望那些亮着灯的窗户，不过因为这花园地势有些斜，我看不到露西，只能看到墙壁最顶上的部分和房间的屋顶。过了一会儿，我冷得没法静坐了；我站起来，想要跨过篱笆，穿过邮局旁的小树林往街上走。不过走到篱笆旁边时，我转过身，这时我看到露西的影子落在房间的后墙和一块房顶上，我不理解这怎么可能，什么样的光源能给她投下这样的影子。我爬到一个地方，在这儿可以跨在篱笆上抱住一棵大橡树一根靠下的树枝，我看到露西坐在桌旁，面前点着一根蜡烛，她手里也拿着个东西，它同样燃烧着，看不出来那是什么。随后火苗熄灭了，露西站起来；她这一站，整个房间就似乎被阴影填满了。一眨眼的工夫，她从视野里消失了。我等了一会儿，她却没有回来。我从篱笆上往外一跃，走进小树林，问我自己，刚才烧的是什么，不知怎的，我感觉自己被人使障眼法骗了，我现在还记得当时正是那种感觉，因为我被这个念头吓住了，当时我甚至在考虑，"使障眼法"这个说法是哪里来的。我跟着小径走，直到走到坐落在停车场的砂石地上的邮局后头，我在那儿停住脚步，左思右想，然后原路返回了，没走远，才几百米的路，接着我就又到篱笆旁边了。

我在门厅里呆了很久，进屋时，她还在摆她的牌戏。她从纸牌上抬起眼睛，朝我温柔地笑笑。桌上没有蜡烛，烟灰缸里也没有烧过的纸屑。怎么样? 她问。下雨了，我回答说。这你早知道，她说。是啊，我说。我在窗边坐下。我望向外面的花园，却只看到屋子和露西的影像。过了一会儿，她眼睛都没离纸牌，用相当平常的声音说：我只需要捏一把自己的胳膊，然后就能感觉，我是存在的。就算对于露西来说，这句话也太过不寻常了。我觉得这是句责备，这一来我又被带回到被人使障眼法骗了的感觉上来，自从我回到屋里，发现我在花园里察觉到的那件事留

下的一切痕迹都被除去了之后，这感觉就未减淡一分。我几乎要脱口对
她说出一些嘲弄的话，却把话收回肚子里。我什么都没说，都没朝她转
过身去，只是继续端详她在窗户上的影像。她把牌推到一起，仍然不抬
眼睛。我的脸僵僵的。她把牌放进一个盒子里，然后站起来，动作缓慢。
她注视着我。我无法转身，我被困在自己受伤的情绪中了。她说：可怜
的约阿希姆。说着她离开了。我听到她在厨房里开水龙头，然后卧室门
响了，再然后就安静了。我不记得自己在那儿坐了多久，苦涩地回味她
最后的话，可能有好几分钟，然而后来思绪折向另一个方向。我站起来，
走到壁炉旁。里面的灰同样跟之前一样少。我打算进厨房查看垃圾桶，
想到自己查着查着露西可能来吓我一跳，就又犹豫了。那还能怎样？我
问自己，她又不知道我看到她了。我打开水池下面的门，垃圾最上面放
着一张烧过的纸牌的一角。我把它拿在手里，翻来覆去，毫无头绪，满
头雾水。几个问题在我脑中盘旋：她拿了根蜡烛，为的是烧一张纸牌？
单人牌戏里的一张牌？为什么要用蜡烛？为什么要烧一张牌？她为什么
又把蜡烛收起来了？什么牌呢？最后一个问题我或许可以回答；我把烧
剩的一角扔进垃圾桶，走进客厅。牌戏放在桌子上，我把牌拿出来数了
数，五十三张。里面只有一张鬼牌。她把一张鬼牌烧了。我看着没烧的
那张：一个小丑眨着眼睛把一张幺牌从袖子里抽出来。我把这张牌放进
自己兜里，心中是一种模糊的复仇感，然后我把纸牌放回盒子里。

　　一个小时后我上床时，露西睡着了。我醒着躺了很久，第二天早上
我什么都记得。下着雨。我试图假装这只是个相当平凡的周日早晨，却
没能做到。我们沉默地吃早饭，意思是，露西说了几句家常话，我却没

反应。后来她说：你不用因为我的缘故坐在那儿不说话。我听了后心里一下子黯然了。我手里本来拿着把餐刀，这下刀柄重重地摔在盘子上，砸得盘子都碎了。随后我站起来，一边离开房间一边叫道：可怜的约阿希姆，可怜的约阿希姆！

好几个小时后，我回家来。我下定决心，要说对不起，我失控了。房子里一片漆黑。我把各处的灯都打开。厨房的桌子上有一张纸，上面写着："好。我明天或者改天给你打电话。"

就这样她离开了我的生活，在朝夕相处了八年之后。一开始我拒绝相信，我断定她只不过需要独处一段时间，之后就会意识到她十分需要我，正如我十分需要她。然而她并没意识到，这我现在明白了，我必须得承认，她不是我以为的那样。

马丁·汉森的郊游

　　我朝房子走去，这是八月初一个周五的下午，接近傍晚，我突然间感觉疲惫，就仿佛搬了什么重东西似的，然而我只不过捆了几株树莓。走到台阶旁后，我在最下面一阶上坐下，我想：反正没人在家。就在这一刻，我听到客厅里传出说话声来，还不等我站起来，我女儿莫娜就说：哎呀，你坐在这儿啊？我站起来说：我以为家里没人呢。我们刚到，她说。我们？我问。我和维拉，她说。是维拉和我，我说。维拉和我，她说。我走上台阶。妈妈呢？她问。在她爸家里，我说。我从她旁边走过，走进客厅，我想：或者她爱跟哪儿跟哪儿。莫娜问：维拉和我能去花园里坐吗？行啊，当然可以，我说。她问，她们能不能拿一瓶可乐。她在哪儿？我问。去厕所了，莫娜说。我说，她们可以每人拿一瓶可乐。我上楼进了卧室。双人床铺得整整齐齐。我不累了。维拉，我想，是不是老是那样看着我的那个？我走到开着的窗户旁，她们穿过草坪朝花园桌子那边走时，我就站在窗边。我想：她肯定少说也比莫娜大几岁。过了一会儿，我走进书房，拿了望远镜。我清楚地看着她，看了很久。我没看莫娜。我想：你模样不错啊。之后我躺下，闭上眼睛，想象着自己如何睡到她。那不难。

半小时后，我沏了杯咖啡，拿了杯科涅克酒坐在客厅里时，听到艾丽的钥匙在门锁里的声音。我站起来，从架子上拿了本百科全书，随便翻开一页，省得她看到我无所事事。她走进客厅。你回来啦，我说。呼，总算回来了，她说，他恨不得不放人走，他就只剩我了。我看他挨不了多久了。我坐下。莫娜不在家吗？她问。她在外面，花园里，我说，跟一个朋友一起。他身体又差了？艾丽走到窗边。她老跟这个维拉在一起，我不知道自己喜不喜欢她这样，她说。是吗？我说。她比她大好多，快十六了，她需要一些她自己这个岁数相仿的女友。我没接口；同一瞬间我突然怀疑自己把望远镜从卧室里拿出来了，心里不安。我问，用不用我给她端一杯咖啡来，但她已经在护理院里至少喝了三杯，不过一杯科涅克她还是可以接受的。去倒酒的时候，我说，我弟弟打过电话，他有事要跟我商量。你喝科涅克酒是因为这个吗？她问。我没回答。她在沙发上坐下。我把杯子递给她。他过来吗？她问。不，当然不会，我说，我进城见他。我走到窗边。我望着维拉和莫娜，说：树莓快熟了。对，她说。我把它们绑起来了，我说。你给它们浇水了吗？她问。三天前下过雨了，我说。我听到她把杯子放下，站起来。我转过身，看了看钟，说：好了，我之后会去浇的。会不会晚了？她问。不知道，我说。

我到达内城时，有些犹豫不定。我很少独自出门，没有熟识的酒馆。在街上来来回回走了几圈后，我买了份报纸，走进诺尔格宾馆的酒吧。酒吧空荡荡的。我要了杯啤酒，在面前的桌上打开报纸。我试着设想弟弟打算跟我商量什么事，却什么都想不到。我翻着报纸，想：最好顺其自然，最好不要一开始就试图阻止什么。

一小时后，我离开酒吧；我稍微有点儿晕，心情也相应的轻快了。漫无边际地联想时我想起了我父亲常说的话，我小时候想要什么东西却得不到时，会说：可我想要！他就会说：你的意愿揣在我裤兜里。我第一次问自己，裤兜跟那有什么关系。

我边走边考虑这些鸡毛蒜皮的小事——爸爸的裤兜关我的意愿什么事；他自己的意愿也揣在那里吗？——无意中走到了一个没怎么来过的地方，我的目光落到一家名叫"强尼"的酒馆上，然后听从了自己的心愿——人家可能就是为了这个才存心给它起这名字的——走了进去。这酒馆由一方露台和三四张小桌子组成。全都坐满了。我走到吧台边，点了一杯威士忌；我打算立马就走。加冰？酒保问。要纯的，我说。一个男人走到吧台边，向我搭话。他说：呐，有一阵子了。我看了看他。也许我之前已经见过他一次了。是啊，说得也是，我说。认出我了吗？他问。认出来了，我说。那次可能是天晚上吧，是不？他说。是，我说。你住在这儿？他问。这儿？我问。对，住这城里？这你是知道的，我说。不，我不知道，他说。好吧，可能我没提过，我说。我喝完我的酒。我坐在那边，他说，你坐过来聊会儿吧，他说。我说，我得上路了，跟我弟弟约好了。可惜，他说。下次吧，我说。好，他说。向玛丽亚问个好，她叫这名字，对吧？对，我说。说完我走了。我感觉自己无比的清醒。我思索，他某天会不会遇到那个被他错当是我的人呢。

我继续顺着街道溜达；才九点半，我无意回家，也无意干别的。我过桥，直走到火车站。一排人站在站台上，等着往南开的火车。广播里有个声音说，这趟列车晚点八分钟。我走进车站的餐厅，在柜台旁点了一扎啤酒，在窗户旁边坐下。我在火车到来之前成功喝干了这杯。火车开走时，我去厕所。肯定有人在小隔间里等着受害者。我感觉脑袋上挨了一击，然后就什么感觉都没有了，独自躺在地上，直到清醒过来。我吐了，恰在这刻门开了。我想站起来。有个声音喊了些什么。我猜，他当我喝醉了，我想说话，却发不出声音。我再不动了，也不再试图站起来。过了一会儿，别人帮助我站起身子，带我进了一间办公室。在那里我被搁在一把椅子上。我的外衣上有呕吐物。我感到羞耻。我被一辆救护车送进了医院。一个医生给我照了照眼睛和耳朵，提了一连串问题，我没有回答，然后他又走了。我躺着，望着天花板，后来他又来了，问我感觉如何。我说，我头疼。这我可以相信，他说。您轻微脑震荡了。我问，我能不能给家里打个电话，让我妻子来接我。稍等，他说着就又消失了。我坐起来。一个护士拿来了我的外衣和衬衫，上面也有呕吐物。我们把最脏的都弄掉了，她说。谢谢，我说。外面的走廊里右手边有一台公用电话，她说。我没有钱，我说。这自然，她说。她走了。我穿上衬衫。她拿着一台无线电话又过来了，随后让我一个人呆着。我拨下号码。过了很久，艾丽才接。是我，我说，能不能请你过来接我，我在医院，在急救室，没什么大事，不过我的钱包被偷了，我还——急救室？她问。对，我说。哎呀，马丁，她说。没什么大事。我就来，她说。

半小时后她到了。她十分平静；她表情柔和，正如有时在睡梦中的样子。她摸了摸我的脸颊。她说，她跟医生谈过了。我穿上外衣。她看着那衣服。我吐了，我说。我知道，她说。我们穿过走廊和候诊室，出门往车那边走。你没去见威廉吗？她问。没有，我说，我一个人。她没说别的。我的头叩叩地疼。我一整晚上都是一个人，我说。她没接话。我们开车过桥，经过诺尔格宾馆。他没来吗？她问。他根本没打过电话，我说。过了一会儿，我转过头看着她；她一副仿佛什么都没察觉到的样子。我们到家时，她说：你是不是利用这个情况，对我说一些平时不敢说的话？我只是实话实说，我说。是，好，她说，可为什么呢？突然间这么诚实有什么好呢？我不回答。她驶进大门，在车库前停下。我下车，朝屋门走去。我开门，给自己倒了杯科涅克酒，一咕噜喝下。你跟那儿干吗呢，她在我背后问。我头疼，我说。医生说了，你不应该喝酒，她说。还是去睡觉吧。我不知道自己该干什么。不过我知道，我干什么无关紧要。好，我说。

她走进卧室时，我已经在床上躺了一阵子了。她脱衣服前关了灯，尽管她看到我还醒着，也可能正因为她看到我还醒着。她什么都没说，直到在我旁边躺下才说：我跟莫娜讲了，你要去见威廉。要你说他没来，你没意见吧。我没回答。怎么？她问。没意见，我说。晚安，她说。晚安，我说。

过了一会儿我才睡着。我思索她说的话：突然间这么诚实有什么好呢。随后我想：在我毫不知情的情况下，她了解了我的什么？

我醒来时她已经起床了。我尝试着继续睡。我头疼。已经过九点了。我得去洗手间，于是尽量轻手轻脚地走，省得她听到我。我没按下冲水的按钮。我重新躺下，却睡不着了。我站起来，站在窗帘后面往外看，看到艾丽和莫娜坐在花园的桌子旁吃早饭。我很快地穿好衣服，下楼去找她们。莫娜想要把一切都问清楚。艾丽去给我拿一杯茶。莫娜不明白为什么我会在火车站的餐厅里。我给她解释了。所以说是威廉叔叔的错咯，她说。我也不用因为他没来就去那里的，我说。不用，不过还是他不好，她说。我没接话。她继续问。艾丽端着茶过来了；她坐下。救护车鸣笛了吗？莫娜问。我觉得没有，我说。那亮蓝灯了吗？她问。先让爸爸吃饭吧，艾丽说。我不知道，我说。我们沉默了一会儿。然后莫娜说了些她去海边之前想要解决掉的事情，艾丽问她要去见谁。维拉，莫娜说，我等着艾丽说些什么，可她没说。维拉是谁？我问。你知道的，莫娜说，她昨天来了。哦，我说。艾丽没说话。莫娜站起来走了。现在轮到我们了，我想，可艾丽只是问我感觉怎样。我回答说，我还好，就是稍微有点儿头疼。真好，她说。她站起来，收拾桌子；托盘上的东西只留了一半。我看着她走过草地时的背影，想：她都没问钱包里有多少钱。然后我突然想起来她抚摸我的脸颊，她回来时，我想开口说话，她却抢在前面了。她问我跟没跟莫娜说威廉没来。说了，我说，她觉得这样的话，发生这些事就是威廉的错。然后呢？她问。没了，我说。不，确实啊，不会是你有问题，她说，一句谎话引起下一句，接连而来，常有的事。不是你想的那样，我说。你怎么知道我想什么，她说。说说看，你以为我在想什么。我不说话。她蓦地伸手推掉桌上的东西，然后说：告诉我一件事，你收回那句关于威廉的谎话时，是你的脆弱一刻还是强硬一刻？我没回答。她走了。我想：让她去死吧。

过了一会儿，我站起来，从树莓旁边走过，走到花园中唯一一处从房子里看不到的地方。她最后一个问题的答案我还没找到。我坐在一棵腐朽的大桦树的树桩上，这棵树我们四年以前砍掉了；我坐着，脸朝向断头路旁的一丛柏树；透过一个缺口，我看到栅栏上那根裂了的木条，艾丽还没发现它，我又没下定决心去换新的，突然间我发现，所有这一切被我隐瞒的，或者被我用谎言掩盖的，都是我的自由的先决条件；我在车里所承认的，表达的是一种暂时的冷漠，和诚实没有关系。

这一发现让我情绪好了一点儿，我站起来，回到花园的桌子旁，坐下。露台的门开着。我寻思，我愿意跟她说，抱歉，之前说了威廉根本没打过电话。恰在此刻她走到露台上。我去爸那儿，她喊道，之后她又进屋去了。

我仍然坐着，直到自己可以确信她出去了，然后我走进房子，关上露台的门，上楼进了卧室。我把凉鞋从脚上甩下来，躺倒在床上。我想着她说的话：哎呀，马丁，还有她抚摸我的脸颊的样子。过了一会儿，我沉入了一场充满图景的轻浅睡梦：我从未见过的景色交替出现，它们本身并没有可怕之处，却还是让我心中异常不安，甚至充满恐惧，乃至不得不清醒过来，在屋子里踱来踱去。这样管用。这么做之前每次都管用。不过我没有重新躺下。

艾丽回家后没过多会儿——我们还没有交谈，她站在厨房的窗户旁边，往窗外看——我去找她，小心翼翼地碰了碰她，说，抱歉，我之前说自己跟威廉约好了。是啊，她说。我缩回手。那不是因为你，我说。得了吧，马丁，她说。我不知还能说什么，却仍然站在那儿。她转过身，看着我。我回应着她的目光。我辨别不出那目光中有什么。这些都无济于事了，她说。是啊，我想。是吗？她问。是啊，我说。

整整一生

记克亚尔·艾斯凯尔森

克亚尔·艾斯凯尔森在曼达尔长大，这是挪威南部的一个沿海小城，他出身于一个热心于教区事务的家庭。他的父亲曾在行政部门工作，在州议会里是保守党派基督教民主党的成员。参加高中毕业考试后，艾斯凯尔森开始在奥斯陆大学读书，但是中断了学业，以求成为一名记者。之后他应征入伍服役，参加"挪威德国旅"[1]，作为占领军士兵来到德国。他与一名德国女子结婚，共同育有一子一女，通过做码头工人、酒保、记者和办公室职员的工作挣钱谋生，还短暂担任过故乡城市旅游局局长一职，经营一家小型膳宿公寓，在公寓里提供炖肉和无酒精啤酒（当时的曼达尔禁止出售酒精）。

一九五三年，艾斯凯尔森在文坛上一炮而红——他的小说集《之后我带你回家》为他带来声誉。曼达尔市图书馆拒绝外借这本声名狼藉的所谓黄色读物。新教内部传教会的报刊声称，这本书是有史以来最肮脏的挪威语读物。牧师对这书颁布了禁令。艾斯凯尔森则在一次访谈中称自己反对精神偏见："我对存在的阴暗面感兴趣。我描写日常事物，表现那些看似无足轻重的微小事物如何能够摧毁生活。此外我还认为，男女之间的关系——性生活——对性格产生的影响是最为长远的。"这本书引发了激烈讨论，却获得了正面评价。然而，这本书的出版使得艾斯凯尔森与其父长时间不和，父亲读了这本书，读完后把书烧了。凭借小说集《后景》（1965年），艾斯凯尔森得以跻身于权威之列并至今享有此地位；随后的长篇小说《环境》（1969年）助他在文学上取得突破。然而他认为自己真正的天职是中短篇小说写作。《遥远的荒地》（1991年）大获异彩，获得了诸多文学奖项，而且销量惊人。二〇〇七年，《托马斯·F对众生的最后几幅画像》被评为过去二十五年里挪威语最佳书籍。今天，他的中短篇小说已被翻译为二十种语言。

有一次，克亚尔·艾斯凯尔森被问到，愿意给刚起步的作者提出什么建议。他说："多读。还要认真读。"青少年时期，激励了艾斯凯尔森的主要是俄国文学，尤其是陀思妥耶夫斯基。美国作家中，对他尤为重要的是海明威，他以其为范例，学习如何揭露存在本质、利用言外之意。他也欣赏法国新小说[2]作家，其中，相对于克劳德·德·西蒙[3]，他更喜欢其同僚阿兰·罗伯-格里耶[4]，因为后者的作品更短、累赘更少。"我认识

---

1 二战后挪威作为联军一员派往德国的驻军，1947—1953年间驻扎在英国占领区。

2 也被称为"反传统小说"，20世纪50至60年代盛行于法国文学界的一种小说创作思潮，在哲学上深受弗洛伊德、柏格森及胡塞尔学说的影响。

3 1913—2005，法国作家，诺贝尔文学奖得主。

4 1922—2008，法国作家和电影导演。

到，他对我的风格产生了决定性的影响。但是罗伯-格里耶和我大相径庭，我的短篇小说中的情节比他的长篇小说还多得多。"艾斯凯尔森在一次访谈中这样说。此外，艾斯凯尔森重视的作家还有加缪、福克纳、雷蒙德·卡佛和他翻译过的贝克特。他总共翻译过很多作品，特别是剧作：奥尼尔[1]、斯特林堡[2]、努列[3]，不过大多数是从德语转译，最早翻译的是赫尔曼·布洛赫的长篇小说三部曲《梦游者》（1930/1932年），他于六十年代译完此作，我认为此书对他有重要意义，同样的还有汉斯·马格努斯·恩岑斯贝格尔[4]、彼得·施奈德[5]、布莱希特、坦克莱德·多尔斯特[6]、博托·斯特劳斯[7]和格奥尔格·塔波里[8]。

克亚尔·艾斯凯尔森其实是一位拒绝写作的作家，尽可能地不想写作。很长一段时间里，他只能坐在咖啡馆里，对着一杯啤酒写作。在艾斯凯尔森六十大寿贺辞中，达格·苏尔斯塔德[9]这样描述他坐在咖啡馆中写作的样子：几个小时后，艾斯凯尔森心满意足地站起来走了，我们有理由相信，他这么久就写了三句话。不过也可能完全不是这样。或许他是因为划去了三句话才心满意足的。关于这些，他在一次访谈中这样

1　1888—1953，美国剧作家，诺贝尔文学奖得主。
2　1849—1912，瑞典作家、剧作家和画家。
3　1944— ，瑞典剧作家、小说家和诗人。
4　1929— ，德国诗人和作家。
5　1940— ，德国作家。
6　1925— ，德国剧作家和作家。
7　1944— ，德国剧作家和作家。
8　1914—2007，匈牙利裔德国剧本作家、剧作家、作家、翻译和演员。
9　1941— ，挪威作家。

说："我划去了很多，不过我认为这跟写一样好。每次我发现一些不必要的东西，都会感到快乐。"

同样出彩的是拉尔斯·努列在《剧作家日记》（2008年）中对艾斯凯尔森的描述，他于二〇〇一年十月十六日在柏林做了如下记录："在柏林不能读普鲁斯特。要读得等到夏天。我读克亚尔·艾斯凯尔森。我想，我把他毕生创作都带来了，那就跟贾科梅蒂[1]躲避德国人、在瑞士流亡期间的全部创作一样：一个火柴盒跟几件单薄的塑像……艾斯凯尔森的句子，我须得读个两、三、四遍，之后马上再读一遍。每个词都挥之不去，他的词句就像掠过一片黑暗大陆的声响，我们不知道这声响将止于何处。"

大多数人眼中的艾斯凯尔森是个安静、内敛的人，然而在某些方面他作为积极分子大出风头，而且首先是为了改善作家生活所需的经济条件。他是挪威作家中心的创建者，这个协会为中小学组织讲座和报告活动，在六七十年代，他是大量文化政治企划和社会事件的核心人物。

然而，他身上最让我欣赏的，是他对事物的热忱，无论对文学（优秀文学作品）、对视觉艺术（他曾在一家画廊工作）还是对电影（各种流派的电影）。他还对戏剧有着近乎狂热的喜爱。这种巨大的热情——确切说是巨大的投入——尤其体现在探讨这些话题的时候。他以和朋友和同事的相处时光为人生至乐，无论对方年轻还是年老，他都乐于与之谈话共饮。我认识的人里，除了克亚尔·艾斯凯尔森，几乎没有第二个如此

1　1901—1966，瑞士雕塑家和画家。

重视与他人进行争执的人，他还深信双方观点相距越远越好。要让他屈服可不容易；正好相反，在辩论过程中他会对自己的观点愈发坚定。他那些年轻的作家同行喜爱他，他是所有节庆活动的中心人物，永远都是最后几个回家的人之一。

他对我们出版社的意义重大，他的文学影响也同样深远。我自一九八五年起担任艾斯凯尔森的出版人。当时，我社满怀敬意地接过了这份任务，这份敬意在我心中长存至今。从他手里获得一份短篇小说手稿，由信夹夹在一起的五六页打字纸：这就是我最大的快乐之一。得到手稿后，我感觉自己无论作为出版人还是作为读者都获得了一份特权，然后我会快跑到我的同事身边：再好好听一遍吧——就几行字，却隐藏了整整一生。

2016年1月9日

盖尔·贝尔达尔

奥斯陆十月出版社社长

如此渺小，那么宏大

克亚尔·艾斯凯尔森的小说

因其内敛、精准、自内而外流光溢彩的风格，克亚尔·艾斯凯尔森在自己的故乡早就成了经典名家。甚至不用着力刻画心理，他仅凭似乎只是一笔带过的朴素描写就深入角色内心。他常被人与贝克特作比较，不过与其风格类似的同胞约恩·福瑟[1]的对比也可想而知：两人都惜字如金，往表面之下投出清醒审视的目光。艾斯凯尔森的这种目光，类似福瑟的，含有一些忧郁爱怜的意味，却也如贝克特的目光，含有某种近乎的玩世不恭的超然，偶尔被一抹超现实带偏。

因此，这位作家不是朴素冷静的记录员，其小说的简朴下埋藏了一些隐晦的、深不可测的秘密。他的语言似乎明确直述了一切，却可能比他那些沉默寡言的角色本身保守了更多秘密。托马斯·F，那个货真价实的贝克特式人物（《托马斯·F对众生的最后几幅画像》），真的只是一个，恕我直言，老混球儿，抑或尽管是个日渐年迈的怪人，却用满脑子镇定自若的智慧观察着自己和世界，展现着他那生硬得吓人的幽默感，藐视又同时爱着这个世界？被自己上了石膏的双腿困在床上的威廉，无助中蕴藏危险，他想了两次的"要是她知道就好了"，是在表达什么（《遥远的荒地》）？有时候我们想使劲摇摇这些角色，把他们摇醒唤回神来。他们那么孤独，为此饱受折磨，在自己所爱的人面前隐藏自己，暗自指责他们不了解自己。《英格丽·朗格巴克》中被破坏的婚姻只是同样情况中最明显的一个。

当我们第二次读这些小说时——它们尽管看似简单，却非常适合我们多读几遍——时不时地会有一句话从大背景中跳出来，盯着我们看——我们回应它的目光，于是突然间，某种我们之前还没注意到的关联跃然纸上。聚精会神地阅读这些小说是大有裨益的：有时候单单一句话就包含了人生全部因果。比如《相遇》中这句一带而过的评述"我妈出去了"，暗示着加布里埃尔的少时恋人和自己母亲住在一起。也就是说，她既没成家也没恋爱，或许曾经有过一段恋爱史，也或许自加布里埃尔老家房子中那一遭就再没恋爱过，于是可以推断出，那次遭遇可能比我们最初猜测的、比文章中记叙的更为可怖。

另外，小说对角色们的周围环境几乎从没多加笔墨。几乎没有哪个角色成功融入社会，职业工作差不多从未提及。大多数角色拥有或租住楼房，不过这对了解他们的社会状况也无甚益处，大多数住在城市外的挪威人都住在别墅或小洋楼里。尽管角色被起了名字，但大多数名字再平凡不过，对人物的刻画严格局限于小说里发生的事情本身或人物在小

1 1959— ，挪威小说家和剧作家。

说中的内心想法。就连故事发生的时间也没详细说明。艾斯凯尔森的文章核心那些最重要的东西都不会变质，都脱离了时间。这位作家用狡猾的方式与读者分享却又不大肆吹嘘的财富，在于那许许多多没有被说出来，却一直被间接表达出的东西。

完美的平衡与和谐是艾斯凯尔森语言的特点，它内敛得恰到好处，常常冷静得惊人，在那些让角色们苦恼的情景中也简略得令读者苦恼。艾斯凯尔森在文风上毫无铺张之处，然而他的文章充满了惊人的内在张力，而且不只是精神上的张力，也有语言上的。《伊丽莎白》一文结尾多次重复了"我没什么想找的"这句话，毫不显眼，所以也不自我矛盾，却明确地表现出角色四处搜寻的急切。这是艾斯凯尔森写作艺术的一个典型样例：漫不经心地叙述，不着重提示所讲内容的意义所在。

很多时候，挪威语虽不算是种朴实平淡的语言，却也不奢华。因此我在翻译过程中发现的这一现象更显惊人：艾斯凯尔森的挪威语虽那么的朴实，却追求某种特殊的腔调和词章，需要用到"美丽的"、"精心照料过的"这类修饰语。为什么对"bort"这个小词要不由自主地选用"离去"这一译法（也许甚至要译为"自此离去"），而不是常见的"走了"或者"去了"？又为什么这个德语中的"离去"听起来一点儿不显老气，一点儿不像童话腔，反而会让人想到艾斯凯尔森典型的超脱于时间的风格？还有一种令我惊艳的体验，是间接引用语对于塑造文风至关重要。这种表述简直既为文章铺衬背景，又为其锦上添花。尽管这些小说有那么多段落使用间接引语，相对口语化，在德语中可以全部选用直陈式翻译，我却从没在任何一次挪威语翻译中使用过这次这么多的虚拟式。这两者——引语那历久弥新的美丽和间接陈述的引用方法与这位作者观察其角色时的典型目光相映成趣：隔着一段距离静静观察，同时这目光就算不是完全无情，也带着某种近乎冷血的精确。就这样，艾斯凯尔森的小说最终留给人的印象是这样的——除了它们引人入胜、跻身经典的品质之外——带着疑问的态度，时有批评，却一直充满兴趣地关心它们的角色，仿佛着迷般地关心这个问题：一目了然的事物背后有什么在折磨着这些人，让他们如此渺小，那么宏大。

兴利希·施密特-亨克尔

德语版译者